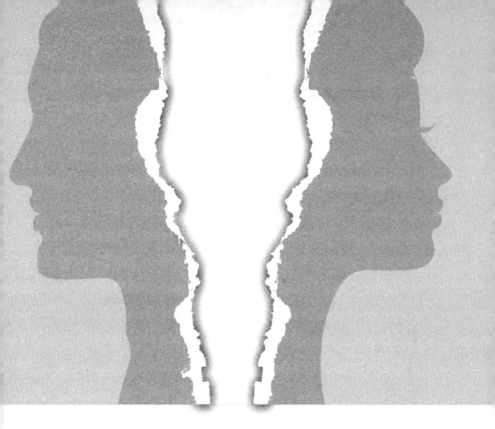

# 苟结，苟离

## ——女律师笔下的典型婚姻案例实录

叶剑秋◎著

九 州 出 版 社
JIUZHOUPRESS

# 序

黄爱华①

　　初识叶剑秋律师，在她跨入律界不久，第一印象是敏思好学，沉静如秋荷，一如她的小名"阿静"。十余年光阴荏苒，叶剑秋律师已然是温州首家百人所——北京德恒（温州）律师事务所管理合伙人、世界温商发展服务中心执行秘书长、温商家族法律工作室首席律师，且被推举为温州市鹿城区第八届、第九届政协常委，还是温州市鹿城区婚姻家事法律服务协会会长、温州市首届优秀女律师、温州"最美平安妈妈"、浙江省巾帼建岗标兵。从一位初出茅庐的律政俏佳人，到如今拥有众多头衔和荣誉的温州著名女律师，

---

　　① 黄爱华，女，1962年生，温州市人。杭州师范大学人文学院教授，戏剧教育研究所所长。历任民盟杭州市委会第九、十、十一届常委（1997—2012），杭州市第九、十届人大代表（1997—2007），杭州市第九、十届政协委员（2007—2017），杭州市政协文教体卫体委员会委员、杭州市政协政务咨询团成员。

我作为见证人，很欣喜地看到了她的进步和成长。而从她总是步履匆匆、无时不在工作状态的忙碌的身影，看到的则是她成长背后的艰辛和努力。

作为睿智理性又善解人意的知名女律师，叶剑秋律师的主打领域是婚姻家庭法律服务。她所秉持的这种对弱势群体的同情、对公理正义的坚守，在一切以利益为衡量标准的经济社会是需要情怀的，而且难得的是她一直坚持了下去，并做成了品牌。当叶剑秋律师把她长期在婚姻家庭法律服务实践中积累起来的案例汇集成《若结，若离——女律师笔下的典型婚姻案例实录》，发来电子稿请我写序时，我最初的态度是略带为难的，因为我非法学界人士，怕不能很好地品味本书的精髓。不过，作为人文专业并一直关注社会婚姻家庭问题的女性，特别是周围同学、朋友及后辈在婚姻家庭中的遭遇和困惑，都促使我怀着强烈的好奇心和兴趣去细读此书。当我兴致勃勃地抽每天临睡前的时间慢慢读完全部书稿，我学到的不仅仅是丰富的法律方面的专业知识，更为叶剑秋律师的敬业精神、专业能力和济世情怀深深打动，也似乎觉得有了想说的话。

《若结，若离——女律师笔下的典型婚姻案例实录》是一部基于法律知识和案例讲解的理论与实践巧妙结合的实用性法律书籍。全书共分七章，每章由四至五篇案例文章组成，如《家庭暴力的血雨腥风——以法律的名义对家暴说"不"》《亲子鉴定的悲欢离合——一切为了孩子，一切源于孩子》《夫妻财产的争夺之战——婚姻是一场征途，途中没有风景》《婚外恋情的疯狂之殇——因为爱，所以恨》《子女婚嫁的爱与哀愁——何处安放父母心》《涉外婚姻的爱恨情仇——改变你，还是改变我》《家族争产的风起云涌——赢了世界，输了你》等，题目采用正副标题，一目了然地把该章的论题和主旨直观形象地呈现在读者面前。为了深入浅出地讲述故事、明晰法理、传播法律知识，叶律师对书稿的结构做了精心布局。即每章开头有一篇"前序"，前面是对名人名言或文学作品的题引，然后是对本章节文章的内容和精髓的提炼，相当于"导读"。而每个章节内的每一篇，前面都有一篇题记或前言，中间部分是娓娓道来的案件实录；文末有后记，进一步从法律法规层面进行阐释，使理论与实践结合，法理与人性兼顾，合情合理，入脑入心。读者可以按目录顺序跟着叶剑秋律师走进她笔下的婚姻家庭世界，听她讲故事、谈感受，讲法论法；也可以按主题选自己最感兴趣的章节跳着读，从各种案例中寻找让自己困惑的法律问题的答案。全书具体形象地记录了叶剑秋律师亲自代理的有关婚姻家庭问题的33个典型案例，为保护当事人隐私都用的是化名，并且在案情上作了处理，但这些发生在身边看似平常的婚姻恋爱和家长里短，却引人入胜，让人读罢不得不掩卷沉思。

原来，看似单纯的婚姻家庭问题，提高到法律层面，就不仅是"夫妻性格不合而离婚"这么简单了。围绕夫妻要求解除婚姻关系的，就有夫妻财产分割、亲子鉴定、孩子抚养权、婚外恋、涉外婚姻等问题，更有集中了各种家庭矛盾的家庭暴力、子女婚嫁、家族争产等复杂的问题。温州是个山灵水秀又极富文化底蕴的城市，在20世纪80

年代又曾经是中国率先改革开放的沿海城市之一，市场经济发达，还创造了著名的"温州模式"①。由于温州模式以家庭工业和专业化市场为主，这样就诞生了一大批家庭式经营的家族企业、夫妻作坊，它们遍布工业园区、城郊结合区和大街小巷，甚至"温州老板"成为那个时代中国有钱人的代名词。不过，曾几何时，民间高息借贷在温州蜂起，银行抵押、资金链断裂、连环担保引起的"金融危机"强烈冲击着温州社会经济，一时间"老板跑路""跳楼"字眼充斥坊间，多少家庭岌岌可危。温州虽然地处东南一隅，但温州人吃苦耐劳又积极进取的"敢为天下先"的精神，使温州成为中国市场经济发展的"温度计"，经济浪潮的起起落落，总是最先在温州反映出来。现代社会两性观念的开放和商品经济的起伏动荡，使传统道德信念动摇、婚姻家庭观念撕裂。市场经济社会里都市欲望、人性的弱点及伦理道德的缺失，使婚外情、家庭暴力、家族争产等一幕幕人间悲剧频繁上演，这是婚姻家庭类案件增多的一个重要原因。

除了社会因素，还有一个不可忽视的成因是过去很多中老年女性自我意识不强，在家庭中地位不高。她们不遵从自己内心的要求，而习惯于屈从他人，甘心于做全职太太的多。丈夫在生意场上打拼，赚钱养家，妻子做贤妻良

① "温州模式"是指20世纪80年代温州地区出现的以家庭工业和专业化市场的方式发展非农业，从而形成的小商品、大市场的发展格局和模式。

母在家相夫教子、照顾老人，这种模式和观念曾经非常普遍。但是，殊不知在现代社会，女性没有经济收入就很难有经济地位；随着容颜的老去，在婚姻中极有可能成为任人欺凌的弱者。尽管中国的婚姻法是保护妇女儿童的，但是被离婚、家庭暴力的受害者，毕竟绝大多数还是妇女。所以女性同胞务必自尊、自爱、自强，只有经济独立才能人格独立，才能掌握自己的命运，做自己生活的主人。在书稿中，叶剑秋律师以大量的案例，阐明女性在婚姻家庭中的地位、命运及帮她们维权和争取利益的过程，值得我们细细品读和深思。

之所以说叶剑秋律师是个有情怀的律师，还在于她把《家庭暴力的血雨腥风——以法律的名义对家暴说"不"》放在第一章。在第一篇《"爸爸，请不要再打妈妈……"》中，她以一个12岁女孩令人心碎的来信作为开头，继而悲愤地写道："如果不是从事律师职业十多年之久，我决然想不到，在当今文明的21世纪，法治逐步健全的现代社会里，居然在我的身边、我的周围，还存在如此之多、如此之惨的家庭暴力。"这是富有温度的语言，已经超越了法理层面的冷静分析，而是对社会现实和人性阴暗面的追问和诘难了。出于法律人的社会责任感，叶剑秋律师在专注于婚姻家庭案件的业务之余，还积极投身妇女维权的社会公益事业。令人欣喜的看到她主创的"法律助家和"公益品牌项目惠及众多妇女同胞，彰显了温州鹿城妇联人的责任和风采。

叶剑秋律师作为温州市作家协会会员，还写得一手好文章。该书构思巧妙，布局严谨，既文笔生动，又通俗易懂，把原本枯燥的法律问题用案例故事和夹叙夹议的方式，说得既富于趣味又具有审美价值，不愧为才女之作。

是为序。

2017 年 12 月 24 日，平安夜，于杭州

# 目 录

CONTENTS

墙角数枝梅，凌寒独自开。

遥知不是雪，为有暗香来。

梅花

摄影：徐剑峰

# 第一章
# 家庭暴力的血雨腥风

——以法律的名义对家暴说"不"

有时候你的血像月球般冰冷，

在漫漫长夜里，

它展开白色的翅膀，

在黑色的山岩、树木和房屋上，

带着发自我们童年时代的一丝光亮。

——［希腊］乔治·塞菲里斯《有时候你的血……》

（林天水译）

当今社会，家庭暴力依然是一个相当严峻的现实问题。在婚姻家庭关系中，摧残和危害婚姻肌体的头号杀手，即家暴。家暴的施暴者，往往是丈夫，但也有少部分是强势的妻子一方。

家暴最显著的特征是控制。暴力只是表象，控制才是根源。施暴者通过暴力手段，让受害者产生巨大的恐惧心理，继而屈服、顺从、麻木，达到控制摆布的目的。很多人不理解，受害者为什么不选择离开。

这是个错误的认识。施暴者的手段通常伴随着暴力、恐吓、经济控制。假设施暴者是丈夫，他往往会将妻子与外界隔离，让她得不到来自家人和外界的救助和支持；他会恐吓、离间妻子与家人的关系，让妻子害怕连累，失去依靠；他会利用孩子作为威胁，威胁带走孩子，虐待孩子；他对妻子实行经济控制，让她没有任何经济自主空间。这些极端的手段，长期对妻子伤害，久之，受害者处于严重被控制的地位而无力挣脱。更有受害者她选择默默忍受，屈服于命运。

然而，在控制和屈服下，暗涌和压抑着的是婚姻关系中的不安因素，是子女成长的噩梦循环，是长期积聚一触而发的破坏力。家暴的社会问题，应是人类文明发展的历史长河中一个永远不应被忽视的旋涡，寻求对家暴受害者的救助，对施暴者的惩戒、对婚姻家庭的保护，是全社会共同的责任。

## "爸爸，请不要再打妈妈……"

我的桌案，搁着一封当事人梅雪12岁的女儿寄来的信笺，轻飘飘的一张纸，却沉重得让人窒息。

"法官和律师阿姨，我请求你们，让我跟我的妈妈！从小到大，爸爸一直有打妈妈，每次爸爸打妈妈，我心里都很害怕。有一次妈妈头被打破了，流了很多血，妈妈很伤心，我也很伤心，做梦都害怕……"这封信，叫人心碎。

如果不是从事律师职业十多年，我决然想不到，在当今文明的21世纪，法治逐步健全的现代社会里，居然在我的身边、我的周围，还存在如此之多、如此之惨的家庭暴力。如果不是承办的大量案例的累积和分析，我也决然不会相信，70%以上的婚姻家庭案件存在不同程度的家庭暴力现象，其中，遭受到暴力伤害的往往是女性和儿童，暴力行为涉及肉体施暴、身心摧残之双重暴力，尤其是殴打、谩骂、长期虐待，非常严重，绝非耸人听闻！

我遇到年龄最大的对方当事人，是位73岁的老人，退伍军官、离休干部，却长期在外保持第三者关系，为此虐待殴打他的67岁老伴——那个曾经一路跟随他走过颠沛流离的行军生活、曾经相濡以沫的患难妻子。那时我所在的

003

第一章 家庭暴力的血雨腥风

律师事务所还在老城区，他们就住在附近，有一次妻子被打到爬出家门，从楼梯上滚落下来。我赶到派出所，目睹那位西装笔挺的施暴者，坦然自若地坐在长椅上抽烟，而他的老伴，整个脸庞肿得不成样子，身上已是累累伤痕。那一幕至今没能从我的记忆中抹去。

我代理的 20 世纪 50 年代的当事人，他们历经风雨儿孙绕膝；60 年代的当事人，他们有儿有女略有成就；70 年代的当事人，他们有正当的职业体面的家；80 年代的当事人，他们经济宽裕生活安逸。然而，因为脾气性格的差异、兴趣习惯的不和、经济收入的失衡、社会地位的差距、亲属关系的不睦、子女管教的不一、长辈意见的干涉、酗酒跳舞有外遇、吸毒赌博滥交友等原因，以致夫妻争吵不休，其间，强悍的男方往往挥拳施暴，弱势的女方往往遭受暴力。有一位女士，当时是摆早点摊的，早上还卖着炸油条。一次跟她老公争吵起来，男的恼怒不已，竟然一下就把整锅滚烫的油掀翻倒她身上，现场惨不忍睹。还有一位女士，原先住在市中心，也是开餐饮店的，男的酗酒赌博，动辄打骂妻子，拿烟头烫、拿刀捅、性虐待，暴行令人发指。另外有一位当事人，年幼由父母做主定了娃娃亲，结果男的有精神障碍，经常将妻子关在房里打得死去活来，有一次在路上追打妻子，竟将她抱起来扔到路边的河里，要不是旁人相救，她已殒命。再有一位当事人，离异后再嫁，丈夫脾气暴躁，言语不和就往死里打，有一次男的竟然拿着铁榔头追打她，她最后无处可逃，被对方扭住，结果一锤子砸在她腿上，当场昏迷。还有一位年轻的妈妈，争吵中差点被男方掐死，幸好他们住在老式居民楼，邻居听到及时报警才得以保住性命……太多太多触目惊心、残暴恶劣的案例，令人义愤填膺。可是看着法庭上趾高气扬、道貌岸然的，面对"关起房门，那就是我的家事"之嚣张气焰，那份势单力薄、无能为力、无以为据的沉痛，往往压抑得自己透不过气来。

家庭原是一个安全自在、温馨美满的避风港，曾经山盟海誓的两人，允诺成为生命中最重要的另一半，然而在进入婚姻后，一种强权与掌控的恶魔——家庭暴力却让女性猝不及防，天堂瞬间变成地狱。这些不幸的女人，她们遭受长期的暴力、伤害、性虐待，身心的重创是终其一生都挥之不去的噩梦。不仅如此，家庭暴力带给孩子的更是彻头彻尾的、无止境的伤害。梅雪的女儿，因为父亲不仅在家三天两头对妈妈施暴，而且还跑到幼儿园，当着孩子们和老师的面，将来园接她的妈妈摁在地上拳头砸脚猛踹，孩子因此吓得小便失禁，精神极度衰弱。菲文仅两岁的儿子，在洗澡时，因为父亲冲进卫生间殴打母亲，吓得摔进澡盆被呛水不轻，后来总是从梦中惊醒哭闹。敏佳的儿子，已经17岁，1.8米的个头，哭着跪在地上求爸爸不要再打妈妈，每次离家返校，总是放心不下他柔弱的妈妈。莉莉的女儿，才6岁的孩子，跟我说她把家里所有的剪刀、菜刀、棍子等工具都藏了起来，藏在她桌子底下的工具箱里，因为怕爸爸拿来打妈妈。4岁的浩扬，是我当事人陆晴的儿子。孩子有次吃着饭，突然说："妈妈，我要快快长大，等我长大赚了钱，就去买个房子，我们就有地方住了，爸爸再也找不到我们，再也不会打你！"

这些孩子的无助的泪、无助的话、无助的乞求，真叫人心碎！孩子，该拿什么拯救无辜的你，该拿什么拯救你可怜的妈妈？

我想起早年上映的一部引起世人广泛关注的影片《被激怒的女人》。影片以真实的案例为背景，女主角阿鲁瓦利亚从小受过良好的家庭教育，1979年她攻读了法律学位，成绩非常优异。当时，依照父母的安排，阿鲁瓦利亚嫁给了迪帕克为妻。婚后，丈夫在西伦敦的家里开始频繁强暴并殴打她，而她却发现自己孤立无援，娘家人和婆家人都不愿也无力帮助她。在遭受了长达10年的家庭暴力后，她彻底崩溃了。最后一次，被丈夫施暴后的阿鲁瓦利亚，趁丈夫熟睡时，把一条浸有汽油的毯子放在他盖脚的被子上，点燃一根火柴，然后带着3岁的儿子跑进了花园。邻居们听到她丈夫的惨叫声。6天后，他死了。

1989年12月7日，刘易斯刑事法庭宣告判处阿鲁瓦利亚终身监禁。在宣判3年后，一家专门反对歧视女性而建立的慈善组织发起了一场运动，将这宗案件上诉到地区法院，认为被告在杀人时正遭受一种"巨大的心理压力"，应判决被告无罪。1992年9月，该案在老贝利刑事法庭再次进行重审。法院采纳了阿鲁瓦利亚针对指控她谋杀的抗辩，判处她3年零4个月的监禁。这也意味着重审判决之时，她就已刑满出狱了。阿鲁瓦利亚说："很多女性在我的上诉成功后终于得到了解脱，但暴力仍然存在于每个阶层，包括东方和西方国家。"

一位长期遭受暴行侵害的弱女子，何以采取这种极端的方式以暴制暴？恐怕是被逼到绝路上，穷尽各方面救济途径而无法得救的最终自救吧。至于当初为什么不选择离婚来结束这种痛苦又可怕的婚姻，个中原因之复杂，很难一语道尽。对于这些案例中的女性当事人，在遭受首次家庭暴力而留下来，往往是出于夫妻感情的考虑和传统思想的约束，想想可能自己也有错，男方的行为是偶发的，一时的压力造成的，既然已经道歉，那就原谅他一次，否则就这样散掉，自己的娘家人也不会谅解。当家庭暴力开始恶化，她们仍然选择留下来，更多的是因为离婚后缺乏稳定的经济来源，没有自己的住所，无力独自抚养子女，而放下子女做母亲的又于心不忍，唯有委曲求全继续忍耐。当家庭暴力出现循环现象而仍然无法下决心逃离的原因，则是被一种无助麻木、恐惧绝望、退缩偏执的心理取代了正常的思维、理性和应变。她们或许还不知道，在长期的家庭暴力的阴影下成长起来的孩子，普遍的易怒、冷漠、内向、孤僻、自卑、恐惧、焦虑，他们行为两极化、攻击性强、追崇暴力，甚至离家、逃学、犯罪、自杀……所有一切罪恶的源泉，与他生活在家庭暴力的特殊童年环境脱不了干系。

有一首歌非常现实："我听说通常在战争后就会换来和平，为什么看到我的爸爸一直打我妈妈……从小到大只有妈妈的温暖，为什么我爸爸那么凶。如果真的我有一双翅膀，随时出发，偷偷出发，我一定带走我妈。其实我回家就想要阻止一切……来阻止一切暴力，眼泪随着音符吸入血液情绪。爸，不要再这样打我妈妈！"

　　"爸爸，请不要再打妈妈！"梅雪女儿的信里，末尾是这句话。

# 从欺骗到暴力，无须再忍

燕华是我的一位当事人的好友，某外贸公司高管，率直大气的白领丽人。怀孕七个月的时候，她找到我。腆着大肚子的她神情憔悴，精神恍惚，左脸和左臂上大片瘀青骇然触目。了解实情后，才知遭遇了丈夫出轨和家暴。我以为平日豪爽的她，处理自己的关键问题，总会有些魄力。然而，接下来发生的一切，令我始料不及。真是一步错，步步错。倘若是小事小情，她尽可退避让渡，然而此乃大是大非，焉有不辩不明、不争不问之理。遗憾的是，不论之前我跟她怎样分析劝导，她却总是一味地怯懦、自欺欺人、执迷不悟……到头来，换取的是对方的面目狰狞、拳脚相向。

然而，当燕华以男方构成家暴行为主张过错赔偿时，却被一审法院以"虽有殴打行为，但并未造成严重后果"为由而驳回赔偿请求。我代理后，提出殴打家庭成员的行为系以暴力方式侵害一方身体和精神的行为，殴打本身已对受害方造成伤害，家庭暴力并不应以造成严重后果为要件的观点，得到二审法院支持。

2016年3月1日，《反家庭暴力法》出台，明确国家禁止任何形式的家庭暴力。该法限制的正是轻微的尚未构成

第一章 家庭暴力的血雨腥风

治安处罚和刑事责任的家庭暴力行为。

燕华是典型的剩女，有稳定的收入、体面的工作，生活安逸优雅，却在爱情上屡屡沉戈折载，以至三十出头还未觅得如意郎君。她自己其实无所谓，然而母亲的催逼令她难以承受。在母亲时而以泪洗面，时而恶语谩骂，时而寻短自残的威慑恫吓下，她最终在结识了一位富家子弟不到两个月的时间内就闪婚而嫁。

燕华怀孕近七个多月时，无意间从丈夫敏凡手机微信记录里，发现他经常与多名女子相约在外开房幽会，甚至到这些女人家里留宿。燕华震惊之余，忍不住质问敏凡。敏凡无法争辩，承认了事实，坦言这些女人都是单身贵妇居多，并非社会上的闲杂女子，并向燕华承诺今后不再发生这类事情。但遗憾的是，敏凡根本没有丝毫悔改之意，仍旧与这些女子关系暧昧，致使燕华悲痛不已，终日神情恍惚，经常彻夜难眠。敏凡的婚外情行为对燕华造成了极大的精神打击。

软弱的燕华考虑到自己好不容易嫁人结婚，而且即将临产，心想或许在小孩出生后，丈夫的心思会有所改变。对于丈夫能痛改前非，燕华心里还是抱有幻想。直到孩子出生的那一刻，医生告知是个儿子，燕华在手术台上泪流满面、激动万分。并非燕华重男轻女，而是她知道丈夫非常希望生个儿子。在医院里，燕华看到了丈夫脸上初为人父的喜悦与兴奋，过往的恩怨仿佛烟消云散。儿子的降临，让燕华似乎看到了自己婚姻的希望。

在家坐月子期间，燕华忍不住查看丈夫的微信短信记录，令燕华极度失望的是，敏凡仍与至少三名女子保持暧昧关系。为此，燕华多次与敏凡交谈，敏凡却厚颜无耻地坦白，自己生活中必须要有很多女人，他当初与燕华结婚，完全是看中燕华的人品、职业、收入符合他的择偶条件，但实际上他只把她当作名义上的妻子，内心不可能对她产生夫妻感情，婚姻对他来说不过是个蒙混世俗的挡箭牌，不可能成为他情感的归属和精神的寄托。这番卑鄙的言论，完全揭示了他对燕华赤裸裸的婚姻欺骗、情感玩弄、人格侮辱和精神摧残。在认清敏凡卑劣面目的同时，燕华本应愤而抗议，捍卫自己的尊严，却因为种种顾虑，选择了默默隐忍。燕华内心深深期盼，只要自己真心以待，感情完全可以培养。然而，燕华对丈夫的真诚和宽容，并没有改变婚姻的现状。敏凡依旧我行我素，在外流连忘返。对于燕华的质问和劝阻，敏凡非但没有丝毫收敛，反而起草了一份协议，写明"夫妻双方各自有权利去寻找婚外伴侣的自由，对方不得干涉"。燕华见此，愤怒不已，与之大吵。双方关系降至冰点。敏凡提出离婚，还燕华自由之身，燕华表示拒绝，她不甘心苦心经营的婚姻就这么解散了，更重要的是，燕华的遭遇并没有得到娘家人的支持。

燕华的母亲得知一切后，让燕华忍下这口气，说："三十出头才嫁人，不到一年就离婚，带着孩子回娘家，你不要做人，我还要做人。"母亲的断然回绝，让燕华陷入迷茫的境地，她完全失去了方向，也因为整天精神恍惚，不得已从原来的公司辞职。但新工作并没有顺利找到，她的生活

第一章 家庭暴力的血雨腥风

也陷入了困窘。婚后从未要求丈夫分担过一分钱的燕华，逼不得已要求敏凡拿出孩子的抚养费、家里的生活费。燕华绝想不到，即使是这样一个最基本的义务，敏凡也置若罔闻。他说："你不是有工作吗，如果你没有收入，不能负担家庭，我还娶你干什么？"

面对敏凡的强词夺理，燕华怒不可遏，悲愤已令她对婚姻彻底绝望。但是离婚了，她能去哪里，这导致她迟迟走不出这一步。敏凡已经厌倦与燕华无止无休争吵的生活，再次催逼燕华要求离婚。燕华不予答应，敏凡竟当着保姆和孩子的面，对燕华大打出手。燕华的身心受到巨大创伤。当晚，双方父母亲友接到燕华的电话赶来。经过众人的劝解，双方最终均同意离婚。敏凡保证离婚后不再打扰燕华母子的生活。之后，双方签订了《离婚协议书》，并约好到民政局办理离婚手续。但当天上午，燕华电话催促敏凡尽快到民政局，敏凡却提出不同意儿子抚养权归燕华，致使双方无法到民政局办理离婚手续。

此后，燕华在好友们的支持下，最终决定走出心底的阴霾，毅然选择起诉离婚。她终于明白，以卑鄙的手段伪装爱，明目张胆地葬送爱，无耻嚣张地凌辱爱，这是一场怎样的阴谋。人活一口气，树活一层皮，没有什么比维护和争取一个女人的尊严更为重要。法庭上，燕华控诉了敏凡的婚外情行为，指出敏凡的骗婚意图和卑劣行径，并主张敏凡具有"有配偶者与他人同居，及实施家庭暴力"的过错行为，要求承担精神损害赔偿责任。一审法院在判决离婚的基础上，针对燕华主张的精神损害赔偿，认定"原、被告婚后尚未建立真正的感情，终因双方处理家庭生活琐事不当以及被告殴打原告而发生纷争。被告虽有殴打原告的行为，但未造成严重后果，故不予支持原告诉请精神损害赔偿"。

一审结束后，燕华找到我，要求我代理她的上诉案件。基于燕华的遭遇，和一审对她不公允的判决，我们提出了上诉意见，认为双方感情破裂并非是因家庭生活琐事处理不当，也不单单是因为被告殴打原告，而是被告在外与多名女性乱搞男女关系的过错行为。对于这项事实，一审庭审中，被告本人当庭承认。同时，原告提供的证据之一，即双方于婚姻存续期间签订的《离婚协议书》一份，其内容载明"婚后，男方在外乱搞男女关系，与多名女子婚外同居。男方对此均予承认，并同意放弃儿子抚养权"。据此，该份离婚协议书的内容清楚地证明了被告的过错行为，被告在庭审中对于该《协议书》的内容并没有提出任何反驳意见，仅称名字非其所签，要求司法鉴定。庭审后，被告又撤回鉴定申请，承认签名属实，意即承认该证据的真实性。因而，关于被告具有婚外同居的过错行为，通过被告的自认、协议书的证明等证据得以印证。

对于被告的家暴行为，一审法院认为"虽有殴打，却未造成严重后果"。《婚姻法司法解释一》第二条规定：家庭暴力，是指行为人以殴打、捆绑、残害、强行限制人身自由或者其他手段，给其家庭成员的身体、精神等方面造成一定伤害后果的行为。因而，凡家暴行为，是通过殴打等各种手段，对受害人身心造成伤害的行为，意即殴打是

第一章 家庭暴力的血雨腥风

伤害的一个手段，而非殴打致严重后果。本案中，一个正常的家庭、一个新婚的妻子、一个初为人母的女人，在孕期、产期、哺乳期持续遭受被上诉人利用其软弱和对婚姻抱有幻想的弱点，进行恣意的感情欺骗、人格侮辱和精神摧残，这是一种怎样的煎熬和伤害。更加令人发指的是，被上诉人曾当着孩子和保姆的面对上诉人暴打，致上诉人遍体伤痕，打了之后被上诉人还当场打电话给上诉人父母、兄弟，扬言他已经把人给打了，其嚣张的气焰是何等的藐视法律，践踏上诉人的人格尊严。这个暴力行为对于上诉人的伤害是一种身心俱损、心力交瘁的严重的精神伤害。被上诉人无疑已经构成婚姻法规定的家暴过错行为。

二审法院终采纳了笔者的观点，认为殴打家庭成员的行为，系以暴力方式侵害一方的身体和精神的行为，对受害方已造成伤害，构成家暴行为。且被上诉人具有婚外同居行为事实清楚，证据充分，上诉人作为无过错方有权请求损害赔偿，据此判决被上诉人赔偿原告精神损失费 5 万元。

燕华在拿到判决书和赔偿款后，这段短暂却不堪回首的婚史终于画上句号。她曾经想通过包容和隐忍来感化对方，经营婚姻，却难料，忍让换来拳脚，最终是那场家暴令她幡然觉悟。唯庆幸二审法院捍卫了她的尊严，让她重拾信念，开始新生活。

» **案后结语：**

1. 关于剩女闪婚现象。大龄女青年注注因为承受不住来自家庭和社会的舆论压力，不得已草率对待婚姻大事，在婚姻成立之初就埋下隐患。当出现婚姻危机时，各方面顾虑又使得她们不愿正视现实，而选择逃避问题，搁置矛盾，试图通过单方努力挽救婚姻，从而在婚姻的歧路上越走越远。婚姻需要双方共同的信任、尊重，进而奉献、利他，如果在婚姻中，一方连基本的尊重都没有，人格尊严遭受了践踏，那么婚姻的殿堂最终将崩塌瓦解。

2. 关于家庭暴力的认定。在一个文明和法治社会，家庭暴力不仅是对家庭秩序的破坏，对家庭成员身心健康的威胁，更是对社会文明和法治底线的践踏。在很长一段时间内，家庭暴力更多只被视为家庭内部的问题，被道德化看待。但无论从现实还是从各国的立法实践来看，遏制家庭暴力都需要被纳入法律保护中。换言之，在看待家庭暴力的问题上，我们迫切需要从观念上予以重新审视。2016年3月1日，《反家庭暴力法》正式实施，其中第二条规定："本法所称家庭暴力，是指家庭成员之间以殴打、捆绑、残害、限制人身自由以及经常性谩骂、恐吓等方式实施的身体、精神等侵害行为。"这条规定，相较于《婚姻法司法解释一》第二条的规定，更加明确指明家暴行为的定义，即殴打等方式均是对身体、精神实施侵害的行为，并不以造成严重后果为要件。家庭暴力实则是通过殴打等行为使得受害人产生恐惧心理，从而控制受害人服从加害人的意志。这部法律的出台，对于我国反对家庭暴力具有里程碑式意义。

第一章　家庭暴力的血雨腥风

# 令人欣慰的"人身安全保护令"

这是一桩颇为复杂的婚姻案件，涉及家庭暴力、婚内协议的效力、夫妻共有财产的认定以及子女对父亲的控告等，代理的过程使我深感当事人在诉讼中的艰难坎坷，最为主要的是，作为被告的女方完完全全是一名长期遭受丈夫虐待的弱者，境遇非常凄惨。如何更好地争取女方的权益是我作为代理人努力的重点。

为了争取应有的保护和赔偿，我和助理律师进行了细致深入的取证工作，并适时提出人身安全保护申请。2009年，龙湾区人民法院作为全国涉及家暴民事审判试点法院，就本案当事人的遭遇，开具了第一单涉及家暴的"人身安全保护裁定"。这也是非常令人欣慰的一例裁判。

2016年3月1日，《中华人民共和国反家暴法》施行，正式实施"人身安全保护裁定制度"。

翠芳与丈夫建国在同一个村长大，20世纪60年代初按照村里风俗举办婚礼。婚后丈夫建国从开办家庭作坊到创办乡镇企业，直到转型做房地产生意，事业做得顺风顺水。夫妻两个，一个主外，一个主内，倒也和谐融洽。两个子女相继出生，也使得家庭更加温馨和美。作为一位妻子和母亲，翠芳一心一意操持家庭，照顾丈夫和子女，全力支持和协助丈夫的事业。然而，建国脾气暴躁，大男子主义思想严重，而且有严重的暴力倾向，生活上稍有不顺心、不顺意，就对翠芳非打即骂。不管是大庭广众还是私下两人，他从来不顾忌妻子的自尊，动辄谩骂动粗，平时小打小骂不计其数。

在翠芳的陈述书上，声泪俱下地控诉着丈夫的暴行："建国经常会恐吓我、威胁我，掐着我的脖子，逼我就范。有一次把我的脖子掐住，吓得我小便失禁他才放手。2006 年 12 月的一次，因为家庭琐事发生口角，建国又发怒殴打我，把我打得左眼眼底膜严重受伤，我当场不省人事，后来他不得不叫了 120 救护车把我送到医院。2007 年夏天，我和建国以及他的朋友出去吃饭。回来的路上，我在开车，他不知为何原因一路上一直找出各种借口骂我，我都忍住了。回到家里，他就嚷嚷着要教训我、打我。我说，先把孩子安顿好。他说，好，我等你。然后，等孩子睡下，我说先等下。我到卫生间小便，他却冲进来，站在门口让我出来。我说我在小便，他却一把就把我拎起来，可怜我小便拉了一半，剩下一半就拉在地上。他这样变态还不够，还一口浓痰吐到我脸上，反复谩骂我。我怕他再打我，拿来纸巾擦了痰，还好言好语跟他说，你也是一个老总，不能这样没有素质，这样对老婆。他根本不听，一直到骂累了，也不管我，自己去睡。我的尊严在他面前根本分文不值。

"2007 年 8 月，建国因小事又打我，把我脚韧带扭伤，

017

第一章 家庭暴力的血雨腥风

致使我的脚无法走路。我只好叫一位朋友陪我看医生。但是医生又开错了药，结果我吃了，人就不行了。被送到医院，当时称我病危，心率只有 40 次 / 分，白细胞指数很高。医院叫我老公签字同意才对我实施抢救。直到凌晨 3 时我才被抢救过来，捡回一条命。

"2008 年 11 月一天的晚上 11 点多，我因吃人情酒回家晚了。建国看我回来，叫我回他公司去给他拿降压药。我说太晚了，是否可以叫他的下属去拿过来。他说：'他妈的，你自己不去，还叫我下属去！' 他嚷着让我去给他倒一杯开水，说老子感冒了。我就回了一句，我说我去给你拿药，你自己倒水喝。他就跳起来，十几个巴掌搧过来，把我打得乱七八糟，打得我和小女儿跪在地上边哭边哀求他不要再打。我女儿拼命说：'爸爸，求求你，别再打妈妈了。求求你，我读三年级了，你把妈妈打死了，我怎么办啊！' 即使这样，他还是往死里打我，把我外裤脱下来打。突然他用力撕开自己的衬衫，嚷着 '我们全家都死了算了'。我趁这个当口，赶紧跑下楼打开门逃出来，一边喊叫救命。这个时候我隔壁邻居小陈夫妻听到动静赶到我家门口，小陈老婆赶紧把我带回家收留我，并找了一条衣服给我披上，安顿了我和我女儿。女儿这时候也因为拉架时被她爸爸甩手打到脸上，鼻血直流。小陈到我家跟我老公说，这样打不对。我们都不敢回家，小陈夫妻俩把我们护送回家，让我们睡在女儿房中，要我把门反锁，说如果我老公继续来砸门要打人，就让我们开窗喊救命，他们就会听到。这样我们才敢在我女儿的房中睡下。但是一夜做噩梦，根本没有安心睡着。第二天，我忍了一天，想着女儿需要一个完整的家庭，但是第三天我越想越气，越想越委屈。我就到派出所去报案，但是派出所一直没有给我一个说法。

"2009年正月初八那天，我和建国在酒店跟亲朋好友一起吃新年酒。我因为身体不适，没有喝酒。刚好建国的一帮朋友也在隔壁包厢喝酒，建国就叫我跟他一起去敬酒。我说我今天都没有喝酒，身体也不舒服，就不要去了。同时我也想，他平时总是当着这些朋友的面呵斥我、责骂我，在他们面前，我没有任何尊严。所以我内心也想躲着他们。于是我就没有同意去敬酒，建国就恼怒起来，开始骂骂咧咧。这时他的一个朋友出面来叫我，让我最好过去，哪怕喝饮料也行。我害怕他又要对我动粗，所以我就听那个朋友的劝告起来去敬酒。没想到他反而为此骂我不听他的，倒听别人的。他就当着亲朋好友的面，就吼我过去坐在他身边让他打。幸亏亲戚相劝，我赶紧从包厢里逃出去，这才避免了当晚被他殴打。但是，我一想到回家又要遭到他的毒打，我便怕得魂不守舍，我只好选择离家暂避。

"想到自己这些年来与他同甘共苦，却要遭受他的毒手痛打，我内心实在无法平静。我肉体上遭受他非人的折磨虐待，精神上每天紧张兮兮，生怕他哪里不顺心又是一顿毒打。他这样恶劣的行为，已经严重伤害了我的身心，严重破坏了我们的夫妻感情，是一种严重的家庭暴力行为，恳请法院判决准予离婚，让我脱离他的魔掌，保障我的人身安全为盼！"

翠芳控诉的种种施暴事例，触目惊心。在丈夫面前，

第一章 家庭暴力的血雨腥风

她已经毫无人格尊严。这样的一个婚姻，对她来说狰狞可怖，像噩梦一样难以逃离。翠芳被家暴的事实，其实亲朋好友邻居都知情，甚至连派出所都接到过她的报案。然而没有一个人、一个部门能够施以援手，真正帮助她争取和维护她的尊严、健康。因此，接到这个案件，我感到非常压抑。

作为代理人，我们要做到的，最重要的就是取证。摆在我们面前的是一些书证、翠芳的医院 CT 检查报告单、医院住院病历、医疗收据、伤势照片等，证明她遭受家暴的伤害后果。还有女儿的陈述书，作为证人的证言也能够证明相应的事实。然而，如果要主张男方的过错行为，光有这些还不行，还缺乏关键的施暴依据。因为对于这些诊疗证明，男方在法庭上完全可以不认账，法庭将难以采信。

必须得到第一手证据。为此，我们相继找到负责诊疗的医生、接警的民警、出手相助的邻居、酒店目睹男方对翠芳谩骂施暴的员工、曾经参与夫妻纠纷调解的村干部、女儿的班主任、女儿同学以及翠芳的闺密好友亲戚等，征得谈话人的同意后，我们一一做了翔实的录音、笔录。出乎意料的是，大部分人都愿意做证，并且还提供和补充了很多细节，其中有两位证人还愿意出庭做证，证实他们曾经亲眼看到过男方在大庭广众之下殴打女方。这使得我们在证据链上补上了非常宝贵的一环。

庭审中，面对我们提交的大量证据，男方面露尴尬，极不自在，不得不承认确实有对女方实施殴打行为。见时机已到，我们当庭提出，鉴于男方持续性对女方施暴，女方现在非常恐惧，有家不得归，请求法院保护女方人身安全，禁止男方实施家暴，并从家中搬出来。法院当庭做出裁定，称"本院认为原告提出人身安全保护的申请符合法律规定，为保障妇女儿童合法权益免受不法侵害，根据《中华人民共和国民事诉讼法》第一百四十一条第一款第十一项之规定，裁定如下：禁止被告殴打、威胁、骚扰被告，以及双方的婚生女儿和儿子。责令被告立即从家中迁出；如被告违反上述禁令，本院将依照民诉法第一百〇二条之规定，视情节轻重处以罚款、拘留，构成犯罪的，依法追究刑事责任。本裁定有效期为三个月，自送达之日起生效，送达后立即执行。"这是笔者办理的婚姻案件中第一件针对家庭暴力做出的人身安全保护令的裁定，当时的名称还是"禁止令"，也就是后来反家暴法实施的"保护令"。

"禁止令"对长期肆无忌惮的男方产生了威慑力，建国不得不从家中搬出去。最终，法院判决准予双方离婚，认定建国构成家暴行为，判决赔偿翠芳精神损失费 2 万元，并依法分割处理了双方的共有财产。在分配上，对翠芳做出了一定程度的照顾和经济补偿。

受尽折磨的翠芳，也因此成为第一批从反家暴试点法院裁判中受益的女性之一。

第一章 家庭暴力的血雨腥风

» **案后结语：**

家庭暴力案，往往遭遇取证难的问题。当事人和律师面对具有隐秘性的家暴行为，通常难以得到知情人的证言。然而，这并不意味着，律师就完全束手无策。家暴行为是一个持续性反复性的状态，只要它发生过，就必然留下痕迹，也就必然可得以一定程度的事实还原。随着人们法律意识的增强，以及取证手段、方式、渠道的多元化发展，获得证据的可能性大大增强，从而使得法官的自由心证得以更大的发挥。

在证据认定层面上，《反家暴法》的出台，也更大程度上地保障了受害人一方的权利主张。根据《反家暴法》的规定，做出人身安全保护令，应当具备下列条件：（一）有明确的被申请人；（二）有具体的请求；（三）有遭受家庭暴力或者面临家庭暴力现实危险的情形。也就是说，人身保护令的做出，实现了与国际接轨的做法，通常具备伤势照片和当事人陈述，即可做出。

对于应当做出保护令的，人民法院应当在七十二小时内做出，情况紧急的，应当在二十四小时内做出。人身安全保护令可以包括下列措施：（一）禁止被申请人实施家庭暴力；（二）禁止被申请人骚扰、跟踪、接触申请人及其相关近亲属；（三）责令被申请人迁出申请人住所；（四）保护申请人人身安全的其他措施。

摄影：徐剑峰

# 爱到极致是疯狂

"肖法官，一切都是我的错，是我亲手葬送了这个婚姻，是我一次次将婚姻逼进死胡同，逼走了我的丈夫，请再给我一次挽救婚姻的机会！"当小青在法庭调解时，痛哭流涕地说出这番话时，她的丈夫小方在一旁面色凝峻，默默地走出法庭，对我说："叶律师，我已经再三给过她机会，现在说什么也没用了，这个婚，我离定了。"

这是我执业多年来经办的唯一一例男方遭受家暴的特殊离婚案。小方与小青曾经是一对天造地设、人人钦羡的璧人。小方纯良温善、宽厚沉稳。在一次朋友聚会上，他对美丽聪颖的小青一见钟情，暗恋了半年后终于向小青表白。双方交往后，小方的诚实善良和专一痴情感动了小青，小青答应了小方的求婚，双方幸福地走进婚姻殿堂。婚后，小青享受着小方对她毫无保留的迁就、包容和隐忍。然而，性格任性暴躁的小青，并不能尊重和照顾丈夫的感受。小方长期承受着难以名状的苦闷、压抑、困惑和迷茫，最终演变至矛盾的爆发。

在小青一次次无理取闹、反复纠缠下，甚至踢打谩骂下，小方最终忍无可忍，选择起诉离婚。小青难以置信一向珍视她比自己的生命还要重要的丈夫竟然会向法院提出离婚，她无法接受，也根本不能承受。于是发生了后来的这件事，据小方的陈述："我在外地经营某品牌皮鞋专卖店，那天，小青突然出现在我的专卖店门口，让我非常吃惊。她还是不改一贯粗暴蛮横无理的脾气，喊道，'没想到我会从家里来这里吧，把你们的账本拿出来，不然就有你们好看的'，说着就拿起茶几上的果盆往地上摔去，弄了一地干果，又拿起茶几上的茶壶向地上猛摔，茶壶碎了一地，这一情形把我和正在上班的员工都吓得不知所措。我缓过神来，想将她拉住，劝她冷静下来，而她甩手打了我两个耳光，把我当场打愣了，员工们都惊呆了。那时我非常尴尬难堪，但是我知道她的性格，她经常不计后果，要把事情闹大，丢我的脸。我让她离开，她却在我的专卖店到处翻找账本。我拉她，她从桌上拿起剪刀就刺过来，一下子把我的衣服划破了。员工看此情景，赶紧打电话报警。她就冲过去要打员工。我使劲夺过她手里的剪刀，但是我真的怕她了，我让员工不要报警，并把她抱住往外拖，但是她又喊又叫，又踢又打，在我肩上狠咬，脸上乱抓。她真的疯了。我当时非常恐慌，在推搡中，她把桌子踢翻了，抽屉里的账本掉了出来，她一下子就拣到了账本，我冲过去把账本夺来，跑进里面办公室锁上门。她在外大闹，拿灭火器把店里砸得乱七八糟。最后我忍无可忍，就报警。警察来了，她才罢休。我无数次地容忍她，但是她一次次逼人太甚。这个婚姻我已经受够了，我坚决要求离婚，否则我也要被她逼死。"

一个月后，法院不公开开庭审理小方诉小青离婚纠纷案。庭前，被告小青告知法院其因赴越南出差，无法出庭，故委托代理人到庭参与庭审。至上午 11 时许，该案第一次庭审结束。说来很难让人相信，小方签完笔录，先行离开，十多分钟后打我手机，称他刚从法院大门走出来，突然他的老婆小青从马路对面直冲过来扑到他身上发疯地扭打、撕咬、脚踹，小方只顾躲避并没有还手。小青见法警要过来，遂一面辱骂一面跳上一旁等候的车子，但还不甘心，从车窗里探出上身，继续狂骂。

小方打我手机，我隐约有不祥之感，等我赶出来时，刚巧看见那辆车子绝尘而去。这时发觉小方的衬衫已被对方扯破，胸口也被抓出血。整个过程中，小方始终未曾还手。这一事发经过，有法院门口的视频监控录像和前来的法警可以证实。我们立刻向经办法官报告此情况。很显然，小青在法院门口公然对小方实施暴力的行为，进一步证明了小方遭受家暴的事实。同时，这一行为也严重干扰了正常的诉讼程序，侵害了小方的合法权益，应当依法给予处理。

法庭随即传唤了小青。面对法官严厉的质问和小方对婚姻完全绝望的态度，小青终于留下了悔恨的泪水。她说，过去一切的错都在她，小方并没有任何过错，是小方对她太好了，时时事事容忍她、迁就她，纵容了她的任性和霸道，使得她忽视了丈夫的尊严。到最后，双方无法正常沟通和交流。在长期的分居生活中，她一面享受小方的经济供给，一面自顾自在外玩乐甚至吸毒被拘。即便如此，小方也没有骂过她一句。因而她绝没有想到小方竟然会主动起诉离

第一章 家庭暴力的血雨腥风

婚。她从心理上无法接受小方的起诉，她恨小方，因而坚决不同意离婚，并且谎称出国，拒绝出庭应诉。

这个案件并不复杂，然而在随后的第二次开庭中，我仍然详细陈述我的代理意见：

1. 双方的婚姻现状表明离婚势在必行。原告的性格太过懦弱，一味回避问题，优柔寡断，使得矛盾一再堆积。被告个性强硬，专横娇纵，从不顾及原告的感受，阻却了双方的正常沟通，使得婚姻屡屡陷入危机。双方在婚姻的经营上均有误区。在长达五六年的分居生活中，双方极少联络，互不干涉，婚姻关系已经名存实亡。原告尝试过多种方法跟被告沟通离婚一事，均遭被告唾骂拒绝而无果，无奈在半年之前提起离婚诉讼，但被法院判决驳回。然而，这半年来双方关系并无丝毫改善，证明确无和好可能。

2. 在对待离婚问题的处理上，被告几次无正当理由拒不到庭应诉，不依法提交答辩，反而以辱骂殴打原告、跟踪监视原告、强夺原告账簿、威胁恐吓原告家人等极端做法对抗原告的合法起诉，被告此行暴露了她对婚姻家庭一贯以来的不理性、不负责和不珍惜。被告虽称不同意离婚，但这是她的心理失衡使然，并非挽回婚姻的真实意愿。婚姻到了破裂的程度，对于双方来说都是无可估量的伤害，但被告应当面对现实，而不是积怨成仇，害人害己。

3. 相对被告的强横无理，原告对待婚姻，包括离婚的态度是谦让的、认真的、理智的。原告对于价值逾千万元的夫妻共有财产，主动表态愿意给予被告尽量多的优先照顾，且要求由原告独自负担儿子至独立生活，这是原告作为一名丈夫和父亲，在离婚之时，面对有过错的妻子，所做出的难能可贵的包容。因为原告认为，无论女方在婚姻中有多少的过错，对于离婚而言，女方所遭受的损害总是比男方要多。毕竟夫妻一场，为了尽可能降低离婚对女方可能造成的心理或生活上的损失，原告已经是做了最大的让步。

庭审结束后，法院主持调解。小方愿意主动放弃夫妻共有财产，只要小青肯离婚，并表示不予追究小青之前所有恶意违法侵害行为。最终，在尊重当事人意愿的基础上，法庭形成了调解协议，小青在协议书上默默签下了自己的名字。尽管小青得到了绝大部分财产，但是她失去了最心爱的丈夫，曾经深爱她、包容她、呵护她的生命中的伴侣，这又是多大的、难以弥补的损失啊！

**» 案后结语：**

1. 婚姻需要双方共同呵护，共同督促，共同经营。无论是妻子还是丈夫，一方一味地、毫无原则地迁就忍让包容另一方，其实是溺爱娇惯纵容了另一方。而隐忍的一方，内心长期积压着不满和愤懑，无法得以宣泄，这使得婚姻越来越偏离互爱互谅的轨道，导致互尊互重的天平失衡，从而最终走向破裂。

2.《反家暴法》第五条规定，反家庭暴力工作应当尊重受害人真实意愿，保护当事人隐私。尽管小方在这个案件中是家暴的受害者，但是他选择了放弃权利，让渡利益，以获取和平解决离婚纠纷。这是他内心的真实意愿，同时

第一章 家庭暴力的血雨腥风

也是他对曾经夫妻一场的小青做出的善意对待。法律对当事人的意愿予以了尊重。

摄影：徐剑峰

# 糟糠之妻焉能弃

至今我还清楚地记得那个案件的点点滴滴，那是我执业最初经办的第一个离婚案件，也是第一个令我因目睹当事人的遭遇而悲恸落泪的案件。

多年后，我在人民路上偶遇年逾80高龄的秀姐，她拎着一个篮子，缓步走来，篮子里面露出青菜和茄子。我看见她，分外惊喜，我说："秀姐，是我。"她认出我："哎呀，叶律师，怎么是你，你还好吗？你没变啊，这些年我经常想起你啊，快到我家坐坐。"

我说："你现在还自己出来买菜吗？"她说："是啊，孙子上大学回来住在我这里，我要照顾孙子。"然后我说："老耀还好吗？"她默然片刻道："去年就走了。临终前，我守着他。叶律师，他说他对不起我，他这一辈子最对不起的人就是我。"

秀姐20世纪50年代中期在某市政协委员会工作。1956年6月秀姐因工作关系与当时在该市某兵团服役的老耀相识，双方经自由恋爱于同年12月在老耀的部队举行了简朴的婚礼并领取结婚证书。婚后，双方相敬如宾，夫妻感情真挚笃实。次年，老耀调任外省部队任职，秀姐作为

第一章 家庭暴力的血雨腥风

随军家属亦跟随老耀前往过着颠沛波折的行军生活。双方于同年8月27日生育长女红，其间秀姐将自己的母亲接至身边一起生活。1959年又生育长子军，1962年5月27日生育次子强。1972年老耀转业回家乡，分配在某市国有工厂工作，一家六口遂结束部队生活迁至该地稳定下来，秀姐就职于当地某银行。尽管当时生活比较清苦，但秀姐和老耀却能相濡以沫，和睦共处。

然而，和美的婚姻生活在20世纪90年代初出现了转折。1990年，老耀退休之后下海经商，专做钢材买卖。他在生意来往中结识了一位叫阿萍的女人，双方交往日益密切，最后发展至暗中保持不正当关系。半年后，此事终于被秀姐发觉，由此两人发生争吵。老耀见秀姐激愤难抑，便自顾自携带阿萍去外地游玩。一个月后，老耀来信称钱已花光，请求家人支援，长子遂赴外地将其带回。之后，通过单位领导、居委会干部、子女等人做工作，老耀有所悔悟，表示不再重犯，并由那名女子写下保证书。秀姐念在几十年的夫妻情分上亦原谅了老耀。

第二年开春，老耀不慎将右腿严重摔伤，卧床治疗了三年，康复后又在家休养了两年多。期间，秀姐任劳任怨、体贴入微地服侍老耀。伤愈后，老耀供职新单位。1999年7月间，老耀在负责市区某地段拆迁工作中与一名拆迁户——一位40多岁的离异女子阿玲认识。不久两人频繁往来，关系暧昧。期间，老耀帮助阿玲装修新房、搬家。同年底，老耀重蹈覆辙，屡屡在外留宿，且对秀姐的态度明显转变，漠然不理。秀姐为此非常伤心，与之理论，却反遭谩骂，夫妻感情严重受挫。

2000年3月的一天晚上，秀姐和老耀又因老耀外遇一事发生争执。争吵间，老耀竟对60多岁的秀姐大打出手，秀姐被打得双眼肿胀。次日，老耀全然不顾，离家而去。老耀这一走就是两个月。事后，经双方子女、老耀的单位出面调解，老耀才于同年5月7日搬回家。但此后，老耀却继续与阿玲私下往来，并屡次向秀姐提出离婚。秀姐不允，老耀则说："你已经老了，我对你早已没有感情了，你不要再勉强我！"秀姐万分痛心。

2000年6月，秀姐不甘心几十年的夫妻就这样破裂，再次恳求老耀回心转意，但遭到断然拒绝。老耀的言语更加荒谬、态度更加恶劣，甚至秀姐卧病在床亦不闻不问，双方已然貌合神离。7月，老耀为能自由"活动"不受干涉，遂书写了一张所谓的"分居调解书"强迫秀姐签字信守。秀姐此时对他已经心灰意冷，于是提出离婚。老耀表示同意，并拿出身份证让秀姐去办手续。

秀姐辗转找到我来承办这件案子。基于双方当事人就离婚意志达成一致，因此案情并不复杂。然而，在离婚诉讼过程中，老耀却公然将阿玲带回家里，这激起了秀姐长期压抑的愤怒。秀姐喝令老耀马上带阿玲离开，老耀却当着阿玲的面将秀姐暴打一顿。厮打中，秀姐从楼梯上摔了下来，当场昏迷。当我接到医院的电话赶到病房时，老耀已不知所终，秀姐独自躺在病床上，身体衰弱，神情痛苦。

"叶律师，我已经对他彻底绝望了！"60多岁的秀姐，经历了人生无数沧桑，本应安享晚年，此时却被风雨同舟

第一章 家庭暴力的血雨腥风

数十年的丈夫打得鼻青脸肿，卧床不起。她凄惨的遭遇令我愤慨，我告诉秀姐，老耀的行为已经构成家庭暴力、故意伤害，并具有婚外出轨事实，具有离婚过错责任，她完全有权利提出赔偿请求，为自己争取应有的尊严。秀姐坚定地点了点头。

此后，在法庭上，我们提出："原、被告的婚姻虽历经了40多年的风风雨雨，彼此在共同生活中建立了比较深厚的夫妻感情，但在婚姻生活的后期，由于被告喜新厌旧、绝情抛弃，致使原告忍无可忍，双方矛盾日益尖锐。最终，被告为能堂而皇之地维持婚外姘居，竟向原告全数摊牌，并以种种恶语对之进行刺激，使得原告心力交瘁，夫妻感情破裂。原告幼年丧父、母亲改嫁，由一位阿姨辛苦带大，饱受生活的磨难。自从稼给被告后，原告一直视被告为唯一的依靠，生活上给予全部的关爱，希望能相扶到终老。然而被告晚节不保，抛却糟糠之妻，对原告实施家庭暴力，致使原告身心受到极大的伤害。因此，请求法庭判令准予离婚，并要求被告给予原告精神损害赔偿。"

心力交瘁的秀姐，原本只想把婚离掉，没有其他多余的想法，然而在离婚诉讼期间遭遇老耀的暴力伤害，让她几十年来所受的委屈和痛苦一并迸发。她把老耀以往所有的保证书、承诺书、调解书等统统呈上法庭，她要让法庭彻底看清老耀在这个婚姻中所做的一切，并提出老耀构成婚姻法规定之"有配偶者与他人同居"行为。老耀百般争辩，特别针对"有配偶者与他人同居"，他认为自己只是偶尔在其他女人处留宿，并不构成婚姻法意义上的婚外同居行为。对此，我当庭提出观点认为，《中华人民共和国婚姻法》第三条规定，禁止有配偶者与他人同居。这一规定进一步明确了婚姻法中的一夫一妻制及夫妻相互忠诚的义务。什么是有配偶者与他人同居呢？依据最高人民法院关于《婚姻法司法解释（一）》第二条规定，有配偶者与他人同居是指有配偶者与婚外异性，不以夫妻名义，持续、稳定地共同居住。需要特别指出的是，这里的共同居住并不等同于共同居所。这是两个不同的概念，共同居住强调的是共同居住或生活在一起，而共同居所则表示双方有共同的住所。根据司法判例，法院认定的"持续、稳定"通常为共同生活的时间达到三个月以上。但同居时间的长短并不能作为唯一衡量的标准，应将双方同居前存有的不正当关系的稳定程度、双方的主观追求，以及与那些偶然的、无固定场所的通奸、姘居关系进行比较等诸多因素综合起来考虑。本案老耀在婚姻存续期间先后与数名有名有姓的女子共同生活，最长的一次在该女子家中居住长达半年之久，且有该女子书写的保证书为据。因此，老耀已经构成婚外同居行为，以及家庭暴力行为。根据《婚姻法》第四十六条规定，有下列情形之一，导致离婚的，无过错方有权请求损害赔偿：……（二）有配偶者与他人同居的；（三）实施家庭暴力的……"法庭采信了我们的证据和观点。最终，通过调解工作，老耀同意给予秀姐精神损害赔偿。

　　案子结束了，然而年近古稀的秀姐和老耀的故事还在各自的轨道上发展。我没有料到，老耀怀着对秀姐今生难言的愧疚离世。没能获得糟糠之妻的原谅，成为他永远无

第一章　家庭暴力的血雨腥风

法弥补的遗憾。

## » 案后结语：

"执子之手，与子偕老"，青春夫妻老来相伴的温馨并不都是人人都能拥有的，有相濡以沫、恩爱白头的夫妻，也有很多夫或妻在岁月折磨中渐渐厌恶了对方，甚至不惜伤害对方，折磨对方，离开对方。步入老年的老人企求朝夕厮守的老伴能给予精神依托和生活照料，这是其他亲属所不能替代的。当一方因生理变化或发生某些意外而产生烦恼和苦闷时，另一方的心理"搀扶"和生活护理，都会使对方从精神上得到慰藉。然而，如果婚姻真正变成一厢情愿，学会适时放手仍不失明智之举。毕竟，过好自己的生活，比陷入形同地狱的婚姻里苟延残喘，无论如何都是更有生命的意义和价值的。

# 第二章
# 亲子鉴定的悲欢离合

—— 一切为了孩子，一切源于孩子

爱情若被束缚，世人的旅程即刻中止。爱情若葬入坟墓，旅人就是倒在坟上的墓碑。就像船的特点是被驾驭着航行，爱情不允许被幽禁，只允许被推向前。爱情纽带的力量，足以粉碎一切羁绊。

—— ［印度］泰戈尔

家庭关系中的核心关系是夫妻关系和亲子关系。在一些婚姻破裂的案件中，有些气质、颜值、学历等都非常出众的已婚人士，却因经受不住婚外异性的示爱和诱惑，而与婚外异性发展感情，最后导致自尝苦果。

　　在美满的婚姻生活中，夫妻一方出轨导致的家庭破裂事件时有发生。丈夫一旦发现妻子出轨且导致怀孕生子的，则这个丈夫是极少愿意维护家庭的和谐而隐忍下去的，在这种情况下出生的小孩，极少有小孩的生父愿意主动承担抚养责任。而出轨的妻子面临更尴尬的局面是，婚外情的男性只是贪图一时欢娱，所以明知是有夫之妇而仍与之发生性关系的男性是缺乏家庭责任心，甚至在孩子出生后大多都矢口否认，避之不及，有的甚至利用女性也怕被曝光的心理，对女性进行威胁恐吓，给女性造成极大的身心伤害。而对于女性，若想要帮助孩子争取抚养费，不得不以孩子的名义起诉主张要求抚养费。丈夫发现妻子所生子女并非自己亲生之后，夫妻感情极有可能瞬间崩塌，家庭关系随即破裂，无辜的孩子更因此带来伴随一生的伤害。

　　幸福的婚姻得来不易，无论是对于女性还是男性，都要且行且珍惜。婚姻需要靠两个人共同来维护，如果一方不慎陷入婚外情，或遭遇配偶陷入婚外情，能够用理智来提醒自己，用心中的道德感来约束自己，用对法律的敬畏心来束缚自己！不会约束和束缚自己行为的人，永远无法获得真正的爱！

# 揭开亲子谜团的惊天秘密

　　这是个比较蹊跷的案件，我的当事人德林与妻子王芳结婚仅十天，王芳就发现自己怀孕了，德林当即质疑，认为王芳怀的孩子并不是他的。后经过法院审理，迷雾渐渐散开，一个惊天大秘密终获揭开。这个具有戏剧性的结果，令所有人震惊。生活中真实的案例，有时往往比小说更为跌宕曲折。

　　我的当事人德林，是一位建筑设计师，非常有才华，身边不乏倾慕者，但他自视颇高，30 挂零还没有中意的结婚对象。2012 年 9 月，德林的妹妹介绍了一位女青年王芳与他认识。王芳是一位中学教师，大方得体颇有知性美，最重要是对美术有着自己的见地和造诣。两人很有共同话题，于是认识不到一个月就确定了婚事。双方的家长都很满意这门亲事，考虑到两人的年龄都不小，于是催促他们尽快办理婚事。2012 年国庆节期间，德林和王芳举办订婚仪式，德林按照当地风俗给女方王芳给付了 10 万元现金作为聘礼。当年 11 月底，双方举行婚礼，并在民政局办理了结婚登记手续。结婚后，双方入住德林刚装修的新房开始

共同生活，过起了真正的二人世界。

婚后，德林发现王芳经常很迟才回家，问她则说在学校加班。起初，德林并不在意，然而12月中旬的一件事情引起了德林的疑心。因为德林是建筑设计师，经常在家里办公。12月的一天上午，德林一个人在家中电脑上制图，突然王芳的手机响起，原来王芳出门前忘了将手机带走。德林起身拿过手机，是一个陌生的号码。他刚想接听，对方挂了。同时对方很快发来一条短信："在上课吗？你的身体怎样了？"德林突然有点怪怪的感觉，于是翻看王芳的手机记录，发现这个号码频频与王芳通话，但只有几条短信记录，其中有一条是王芳发给对方的回复："我担心我有了。"德林隐隐意识到问题有点严重。

晚上，王芳回到家，德林将手机拿给王芳，并让她解释短信的内容。王芳说，对方只是她的一个好友，自己生活上有什么事情总是跟他聊，但两人并没有什么出格的关系。同时，王芳还带给德林一个说不出是喜是忧的消息，王芳称自己怀孕了已经有一个多月，刚刚通过医院证实。德林仔细想了一下，认为这不可能，自己9月份才认识王芳，10月订婚，11月结婚，12月就怀了孩子，推算了一下，这孩子应该是在11月怀上的，然而自己婚前尊重王芳，直到12月结婚后才跟王芳有真正夫妻生活，怎么可能结婚才十多天的时间就有了孩子。德林非常震怒，认为这不可能是自己的孩子。但王芳并不跟德林解释，而是独自搬到客卧去睡。

此后，德林多次跟王芳为孩子的事情争吵，但是王芳执意认为孩子就是德林的。德林因为顾忌面子，不敢对外张扬，也没有跟家里父母亲说。后来，王芳的肚子渐渐大了起来，德林看到父母高兴地等待抱孙子的样子，内心非常痛苦和煎熬。因为双方一直僵持冷战，怀孕半年后，王芳搬到娘家居住。从此，两人开始分居。

2014年5月，德林和王芳因为孩子的事情，再次发生激烈争吵。德林要求王芳把孩子打掉，王芳骂德林神经病。此时，德林再也无法容忍，把双方的父母亲都叫到家中，说出自己可以确定王芳腹中的胎儿根本不是自己的血脉。父母亲听了都非常意外和震惊，但王芳对此没有做出任何辩解，只是说德林无理取闹。双方不欢而散，对于孩子的取舍，仍没有定论。

2014年6月，王芳在医院产下一名女婴。生产后，王芳和孩子出院回家坐月子。其间，双方又为孩子的血缘和今后的抚养问题产生纠纷。德林提出离婚并要求先给孩子做亲子鉴定，但王芳不同意，坚决要求德林先给付经济补偿再离婚。德林所在的居委会出面调解，但因双方争议较大无法达成协议，最终未能解决。2014年7月，王芳坐完月子后带着孩子搬回娘家，临走将家中的家用电器、床上用品、厨房用具等一并搬走。之后，王芳再没有回来。孩子的事情也搁置未决。

德林于是找到我，坚决要求和王芳离婚，并要求做亲子鉴定，以明确自己不是孩子的父亲，不愿意抚养孩子。在仔细听取了德林所讲的情况之后，我们向他分析："根据《婚姻法》第三十四条的规定，女方在怀孕期间、分娩后一

第二章 亲子鉴定的悲欢离合

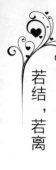
年内或终止妊娠后六个月内，男方不得提出离婚。因此，德林在王芳生育后未满一年，尚无法提出离婚诉讼。但是，有关亲子鉴定的问题，根据最高人民法院关于适用《婚姻法》若干问题的解释（三）第二条的规定，夫妻一方向人民法院起诉请求确认亲子关系不存在，并已提供必要证据予以证明，另一方没有相反证据又拒绝做亲子鉴定的，人民法院可以推定请求确认亲子关系不存在一方的主张成立。据此，德林可以先行提起确认孩子血缘认定之诉，解决抚养权的问题，之后再在合适的时间主张离婚。"德林表示，孩子的问题是他最大的心结，同意先解决孩子的问题。

明确了诉讼方案之后，我们接受德林的委托，起诉要求确认德林与孩子不具有亲子关系。根据司法解释的规定，否认亲子关系的夫妻一方，必须提交必要证据予以证明，否则无法启动亲子鉴定程序。德林的主要证据就是妻子的短信记录、结婚证和妻子怀孕生育的记录，用以证明结婚仅十天就怀孕违背生理医学。考虑到德林和王芳从相识到结婚确实已经有两个月的时间，不排除双方在婚前发生性关系的可能，仅让德林证明婚前不存在性关系的事实这一点将非常困难，而双方在婚前的短信、QQ聊天记录显示，德林和王芳曾表示结婚后入住新房再正式开始夫妻生活，因此能够反映出德林对于婚姻的慎重，与怀疑非亲生子具有必要的生活逻辑推理。

王芳并没有亲自到庭应诉，而是委托了一名律师出庭。对于德林的主张，王芳的律师出具了孩子的出生医学证明，认为孩子的父亲一栏记录着德林的名字，不同意做亲子鉴定。对此，德林认为出生医学证明是根据结婚证和准生证办理，并不是亲子关系的当然依据，并提出王芳在医院生产时，自己当时已经跟王芳关系僵持，并没有在医院陪护，他对于医院出具的孩子出生医学证明持有异议。庭审中，对于一些关键事实的审查，因为王芳的缺席而变得乏力。之后，法庭宣布暂时休庭，并释明：王芳对其抗辩意见和婚姻事实的重要问题应做出合理解释，提交必要的相反证据，或做亲子鉴定予以明确，否则尽管其拒绝亲子鉴定，仍将承担被推定亲子关系不存在的法律后果。

经过法庭的释明，王芳在第二次开庭时来到法庭。这一次，沉默的王芳终于开口了，她同意做亲子鉴定，但同时要求法庭增加一个被鉴定对象——德山。当她说出这个名字时，所有的人都惊呆了，德林更是如遭晴天霹雳。王芳说，孩子的确是德林家的骨肉，但不是德林的，而是德林的弟弟德山的。原来，王芳早在两年前就认识了德林的弟弟德山，但德山有吸毒史，因此王芳与德山分分合合，两人均藕断丝连。王芳认识德林后，想与德山彻底了断。为了王芳的幸福，德山也表示愿意分手。两人最后一次相聚后，德山就去了国外。此后，王芳很快嫁给了德林。王芳没想到跟德林结婚后自己就怀孕了，她知道这个孩子应该是德山的，但她很想让德林相信自己怀的孩子就是德林的骨肉，她没能消除德林的疑心，可又无法跟德林说明真相，于是一直隐瞒到孩子生下来。

对于这样的结果，德林彻底蒙了。他设想了无数个结果，但这个结果完全超乎了他的意料和接受力，也超过了

第二章　亲子鉴定的悲欢离合

案件本身所能承载的意义。德林的父母、妹妹和弟弟德山，王芳的父母得知后，每个人均有不同的反应。所有人当中，受伤害最大的，当然是德林。然而，德林最终选择了撤诉，默默走出了这片婚姻的伤心地。

若干年后，我得知德林去了外地工作，已结婚生子。德山还在国外，据说过得并不好。王芳仍带着孩子跟她的父母亲一起生活，并没有再嫁。而这个孩子，至今还不知道她的生父究竟是谁。

## » 案后结语：

亲子鉴定案件日益增多，而案件中往往会出现一方坚持要做亲子鉴定，一方拒绝接受做亲子鉴定的情况。《婚姻法》司法解释（三）第二条规定了拒绝做亲子鉴定的处理，即推定亲子关系成立与不成立的制度。适用这条规定时，必须要注意一个要点，即只有夫或妻才能提起婚生子女否认之诉，意即只有丈夫或者妻子才能提起要求确认婚生子女并非自己亲生的起诉请求，其他任何人均没有这个权利。之所以将否认权人限制在较小的范围内，是本着法律上的亲子关系原则上须以真实血缘关系为基础，同时又要兼顾亲子关系的安定性。

# 一场婚外虐恋引发的亲子疑云

一场婚外虐恋引发的亲子疑云事件，在女方和男方的陈述下，呈现出两种截然不同的事实面貌。女方称男方与她相识时隐瞒了其已有家室的事实，欺骗她的感情，并与她同居生活，当她生了孩子后，男方却不认账，人去楼空。男方则说，女方认识他时就已知道他有家室，但自愿跟他发生婚外情，后女方谎称自己怀孕，从他这里拿到了十万补偿费后，与另一男子结婚并生育了孩子，故男方否认跟这个孩子有亲子关系。究竟孰是孰非，无辜的孩子能否确认生父是谁，能否获得抚养费？虽然事情最终得到了解决，但家庭的破碎却令当事者永远心痛。

043

从国际大都市到沿海小城市，惠可抱着一岁多的孩子，辗转于司法鉴定中心、律所和法院之间。她已经差不多身无分文，但怀里的孩子需要生存。她仍然要继续支撑下去，为了给孩子一个应有的名分和生活保障。当她找到我的时候，看起来已经身心俱疲。仿佛是抓住了最后一根救命稻草，她说："叶律师，你要救救我的孩子。"

这是她的陈述。

"我与达明是在 2010 年前认识的。那时我 26 岁，在沿海小城市一家服装公司担任销售顾问。达明比我小一岁，那时还很年轻，但他已经是公司的大客户，经常来定制西服和休闲装，一年四季的衣服几乎都是经过我手里买的，所以我和他也就逐渐熟悉起来。他就开始约我出来，他说自己未婚。他开着一辆奔驰，出手也很阔绰，看起来像是富家子弟。后来事实也表明，他有着良好的家境，父母亲都是私营企业主。相比之下，我的情况就很不好，我是家里的长女，下面还有一个弟弟一个妹妹在求学。我父亲早年病故，母亲患有脑神经细胞萎缩多年，生活不能自理。家里自从母亲生病后，都是我在承担重负。为了给母亲治病，家里已经负债累累，但还在四处求医。

"在得知我的这些事情以后，达明一点也不嫌弃我，还跟我说他在上海有生意，认识一些在脑科方面的权威专家，可以帮助我将我母亲送去上海治病，并奔前忙后，帮我安排好了一切。面对达明的热心相助，我对他产生了好感。我们两个人就开始交往，并确定了恋爱关系。那一年的 11 月，达明把我带到位于市中心的一个套房子里，说这是家里人为他买的。从那时开始，我们就住进去开始了同居生活。达明答应会娶我，我也一直很想见见达明的家人。但是达明说他的妈妈比较看重门当户对，让他妈妈接受我们。需要他跟他妈妈慢慢地说，当时我相信了达明。

"第二年的 4 月份，我发现自己怀孕了，非常开心，达明得知后也十分高兴，要我在家里好好养胎，还说回去跟他妈妈说，他妈妈一定会同意，并跟我谈婚论嫁，商量订婚、结婚事宜。过了一段时间，达明说他妈妈还在国外，结婚的事情需要再缓一缓。但是肚子里的孩子渐渐大了起来，我就催促达明，说不能让我不明不白地生这个孩子。在我的反复催问下，达明终于忍不住告诉我一个惊天的秘密，他说，他其实早已有家室，有老婆还有一个两岁的女儿。这突如其来的消息对我而言无疑是晴天霹雳。达明欺骗了我，我原来是他家外有家的小三，这个事实令我非常伤心。但是，达明说他跟他妻子是完全听从他妈妈的安排结婚的，两人的夫妻关系并不好，说他已经准备和妻子办理离婚，但是因为生意业务上的原因还不能马上办妥离婚手续。

"达明希望我把孩子生下来。反复考虑之后，他想了一个办法。他让我回老家先找个人假结婚，让孩子有个名义上的父亲，先把孩子生下来。万般无奈之下，我在我的老家乡下找了一个我的同学——小苏。小苏原来对我就有感情，也是单身。我跟小苏说了我的情况。小苏同意跟我结婚，但要求一定要按照民间风俗举办婚礼后再领结婚证，我也同意了。这样，我和小苏就在老家举行了民间婚礼，并领了结婚证。同年的 12 月 19 日，我生育了一个女孩。

"女儿出生后，我在老家坐月子，达明没有来过一次，也没怎么跟我电话联系。熬到坐完月子，我就立刻回到他住的套房找他，却发现房门钥匙已经换了。问了保安，说他已经搬走了。我一个人带着女儿，生活都成了问题。我给达明打电话，但是他总是不接。后来总算接了我的电话，就说我们之间已经结束，让我不要再找他。我说女儿你不能不管，他就说他妈妈会帮他出面商量女儿抚养费的。后来，

第二章 亲子鉴定的悲欢离合

我总算找到了达明的妈妈，但是他妈妈不同意认这个孩子，于是我们谈不下去。

"之后，我为了向他们索要抚养费，一直追到了他的老家。但是，达明坚持不认这个孩子，而且据说他老婆也知道了这个事情，一家人已经把我和我女儿当成入侵的外敌一样对待，拒绝跟我对话。我没办法，只好去找鉴定中心要求做亲子鉴定，他们说得让我去找法院，找律师。所以，我只好求助于叶律师，请你帮我想想办法。我现在只要他承认孩子的名分，为我的孩子讨回公道。"

听了她的叙述，我有几个疑问无法消除。一是，达明为何要提出让惠可去找人结婚，再把孩子生下来的主意，这显然并不是一个好办法；惠可的解释是，达明一开始就不打算认这个孩子，于是让她去找别人结婚，生了孩子之后，他就理所当然地撇清关系。二是，达明的妈妈知道惠可与达明之间的事情之后，面对已经出生的有可能是他家血脉的女婴，难道一点恻隐之心也没有，或者说连把这个女婴的身世弄明白的想法也没有吗？惠可的解释是，达明的妈妈已经被达明洗脑，对她完全不信任，不相信孩子是他们家的。不过惠可也请我尝试联系达明的妈妈，希望通过调解的方式来解决这个事情。

于是我联系了达明的妈妈，很快我得到了回应，达明的妈妈也如约来到了我的办公室。

这是一位端庄得体的妇人，她向我讲述了一个不同版本的婚外情的故事。

"达明是我的儿子，我很了解他。他不是那种叱咤风云的成功人士，他很单纯，人也善良。他就是我从小一手带大、听我的话、孝顺我的孩子。他读书、工作、结婚都是我一手安排，也许正是这样，使他觉得自己没有自由，心里存在着叛逆的，这也是我的责任，是我忽略了他的感受。他和惠可这个女人认识和交往，我确实是后来才知道的，他一开始瞒着我，当然也瞒着他的老婆。但是，惠可从一开始就知道他有家室，他没有向惠可隐瞒过，这是他亲口告诉我的。惠可比他老练成熟，年龄也比他大。她就是看上了达明的家世和人品，一心想拆散达明的家庭，从小三上位。她住的房子，并不是达明的，而是达明的一个朋友空置的房子，这个朋友也认识惠可。达明因为经常往返两地，所以他在这边有自己的家。他和惠可在那个房子里前后只住了两个月不到，后来两个人就分手了。因为惠可提出来要与达明结婚，达明没有同意，要跟她分手，惠可就说自己怀孕了。达明并不相信她的话，但还是给了她一笔钱，大概有十多万，让她去把孩子打掉，惠可同意了。那天还是达明陪她去医院，惠可说自己可以办，让达明先走了。办完事情后，惠可也同意跟达明分手。

　　后来，惠可跟一个男的结婚，生了一个孩子。但是，那个男的据说经济条件很差，惠可家境也困难，这样惠可就向达明借钱。达明一开始借了她五万，但是后来她又提出借钱，还说这个孩子是达明的，达明就不答应了，就不再理睬他。这时，惠可来找我要钱，达明才把事情的前因后果跟我讲了。我们是明理的人，如果是我家达明做的事情，确实是达明的孩子，我们自然会认。但是，这个惠可

第二章　亲子鉴定的悲欢离合

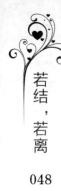
做的事情太离谱，拿了达明的钱，又跟别的男人结婚生孩子，这会儿赖上我们，我们也很生气。我们也去调查过，她确实领了结婚证，孩子也上了户口，生父是她现在的老公。所以，我们不会同意她的要求，对于她提出的做鉴定，讨抚养费，我们不接受，也希望她不要再来骚扰我们。"

听了两个截然不同的事实陈述，我一下子陷入了纠结。问题的关键，还是出在达明身上，只有达明出面，才有可能还原或判别真正的事实。然而，达明显然已经不愿面对这个纠纷，我们也只有通过法律途径才能维护惠可的权益。

我告诉惠可，目前的证据体现出来，孩子的生父是小苏。因此，首要做的就是先排除孩子和小苏的亲子关系，但这要取得小苏的同意，才能够启动亲子鉴定。惠可说，小苏同意做亲子鉴定。于是，在小苏的参与下，这个案件先做了第一份亲子鉴定。鉴定报告很快出来了，正如惠可所说，小苏并不是孩子的亲生父亲。我将这个情况第一时间告知了达明的妈妈，我希望她明白，这个孩子很可能是她亲生的嫡孙女，希望她能考虑一下让达明跟孩子做一个亲子鉴定。电话里，达明的妈妈似有所动，但她回应这个女人很难缠，孩子如果是他们家的，她宁愿把孩子抱过去自己养，也不希望孩子留在惠可的身边。我把达明妈妈的意思转告惠可，惠可说自己无论如何不会放弃孩子的抚养权。在这样的情况下，她不愿意再跟达明以及他的妈妈进行协商，希望尽快通过法律途径确认孩子的亲子关系和追索抚养费。于是在2011年年底，惠可将达明起诉到人民法院，并申请做亲子鉴定。通过证据的体现，在法院的传达工作下，达明终于同意做亲子鉴定。

2012 年 2 月，鉴定报告出来了，不出所料，孩子跟达明的亲权关系达到了 99% 以上，女儿确实是达明的。这回，所有人心头的疑虑总算都打消了。在法院的主持调解下，孩子的抚养权归惠可，孩子的父亲达明每年支付抚养费。案子至此本应结束。然而，故事并没有真正结束。

法院下达调解书的次日，达明的妻子蔓芸出现在我的律所里。这是我第一次见到达明的妻子，是一个非常清秀斯文的女人。她说："叶律师，你不知道这段时间我经受了怎样地狱般的生活，我要跟达明离婚。"

是的，这个案子里面最受伤害的，其实是这位妻子，她才是真正遭受欺骗的女人。我说："你千万不要有这个念头，达明已经知道错了，这个事情已经过去了、结束了，你要捍卫自己的婚姻，就要好好珍惜它、保护它、让它继续走下去。你们还有一个共同的女儿，需要一个完整的家。"她摇摇头说，达明在外面的一切，她其实都一清二楚，她早就想离婚了，只是一直下不了这个决心，现在终于有了这个勇气了。她说完这番话，便起身离开，再也没有回头。

不久以后，我得知达明和蔓芸协议离婚，女儿也被蔓芸带走。只身一人的达明去了国外，惠可带着孩子仍然跟着小苏生活。

» **案后结语：**

本案是一起当事人请求确认非婚生子女的亲子关系的案例，根据《婚姻法》司法解释（三）第二条的规定，当事人一方起诉请求确认亲子关系，并提供必要证据予以证明，另一方没有相反证据又拒绝做亲子鉴定的，人民法院可以推定请求确认亲子关系一方的主张成立。非婚生子女身份确认有三个条件：

第一，一方要求确认孩子系与对方非婚生子女，其应该提供必要证据证明双方同居的事实，曾发生性行为、孩子系双方同居期间受孕或出生等；

第二，一方要求确认孩子系与对方非婚生子女，且已经提供必要证据证明，对方对此予以否认的，对方就否认内容应提供必要证据予以证明；

第三，一方要求确认孩子系与对方非婚生子女，已经提供必要证据予以证明，且明确要求通过亲子鉴定确认亲子关系是否存在，另一方对此予以否认，就否认内容其未提供必要证据予以证明又拒绝做亲子鉴定，可以推定亲子关系存在。

因而，如果女方主张孩子系与对方非婚生子女，又能提供必要的证据，如孩子与名义生父非亲子关系的司法鉴定，女方与被主张的男方具有同居关系的事实证据，并明确要求通过亲子鉴定确认亲子关系，则对方应予配合鉴定，对方未能提供必要相反证据又拒绝做亲子鉴定，则会被推定亲子关系存在，从而承担抚养义务。

# 咒　怨

　　半夜，莫名地接到一个恐怖电话。

　　电话号码似曾相识，心里正想着是谁呢，刚拿起手机接听，一个妇人凶悍恶毒的诅咒叫骂声瞬时直灌耳膜。我不觉惊愕，没有回应一句，赶紧把电话按掉。眼前再次出现那个歇斯底里、咬牙切齿的疯狂女人。真正是阴魂不散啊！

　　说起来我跟她见面的次数屈指可数，更谈不上有任何交情，因为她只是我多年前曾经办理过的一个婚姻案件的对方当事人。我记得那是一个下雨的清晨，天色阴暗，我坐在办公室里看案卷，一个朋友带着一位年轻的小伙子如约而来。年轻人才二十出头，高大魁梧的个头，戴着一副眼镜，青涩文雅得像个大学生。我们面对面坐下，跟那些一过来就跟律师滔滔不绝讲个不停的当事人有所不同，他非常拘谨局促，寡言少语。整个谈话的过程几乎都是一问一答，没有半句多余的话。

　　谁又能想到这样一个刚从大学校园出来没多久、工作还没有着落的都市大男孩翔，居然是一个两岁孩子的父亲了。他委托我代理有关孩子抚养问题的民事诉讼案，我予

若结，若离

052

以接受。我的委托人，他在刚刚跨进高校校门之际，在一次酒吧派对上跟一个比他大了十来岁的名叫虹的女人认识并同居生活了短暂的数月。之后，虹怀孕了，尽管翔的家人得悉此情后坚决反对并要求虹流产，且提出愿意给予一定的经济补偿，但遭到了虹的拒绝。因为此事，翔被校方开除学籍，但孩子最终还是生了下来，是一个健康漂亮的男婴。我后来看到过这个孩子，长得很像他的父亲。

虹一直要求跟翔结婚。翔跟我说："不可能，因为我对她实际上并没有感情基础，时间这么短，后来我就后悔了，但是孩子已经生下来了，我愿意尽到我的抚养责任。"他这样说，作为代理人，出于尊重，我约见了虹。

初次见面，虹给我的感觉是一个精明老辣、成熟世故的女人。她的能言善道和翔的沉默寡言形成鲜明对比。我提出翔希望就孩子的抚养问题协商解决，她说可以。我们双方就孩子的抚养费和抚养权的归属达成了基本意向。当时，我竟天真地以为事情将会顺利圆满地解决，我还非常高兴，还敬佩她的深明大义。

然而，我终究还是错了。作为一名从业多年的律师，我深悟有些案件从一开始就注定不会有好的结果，这就像"毒花结恶果"，它的罪恶之源在于栽下的根上、播下的种里，任何试图改变它成长轨迹的努力过程都将是徒劳无益的。在这个过程中，我扮演了一个无知无畏的拯救者的角色，其结果是自己也被迫陷入泥潭，目睹他们吞食恶果而无法阻止。

在经得翔和虹对于抚养儿子事宜达成一致意见后，因牵涉非婚生子的抚养问题，我们选择了通过法律途径确认这个事实，于是翔向法院提出诉讼。得知我们双方已就案件达成调解意向，法院很快通知开庭。作为原告方，我和翔还有翔的家人如期来到法庭准备开庭，但是虹迟迟没有出现，这让我深感意外和不安。我没有想到虹会失约，对于这样一起确认非婚生子女与生父关系和抚养权纠纷的民事案件，在被告缺席的情况下，显然是无法通过审理认定相关事实从而得出如原告诉请之判决的。当时，翔的家人很是生气，要求马上撤诉，翔同意了。从法院出来，翔没有说话，看得出来他的心情异常沉重。

虹后来打来的电话让我大吃一惊。那是我刚回到事务所不久，她异常恼怒愤恨地质问我为何撤诉，为何不等她到场。我解释说，这是当事人自己的意愿，我无法左右。我说，如果你们双方还有诚意解决的话，可以再次诉讼，你也可以作为原告起诉。

虹的叫嚣令人毛骨悚然，她说："让我当原告，你们做梦。他不肯见我，我不会放过他。"

次日，翔突然人间蒸发，怎么也联系不上，翔的家人也推说不知。

噩梦从此开始。

虹到处找翔。她频频给我打电话，追问翔的下落，有时还带着孩子到我事务所，时而悲哀诉苦，时而辱骂解恨。一副不达目的誓不罢休的架势，真正让人哭笑不得、头疼不已。

我试图找到翔，可是一直没有任何结果。一年之后的

第二章　亲子鉴定的悲欢离合

一天，翔不期而至，他说他是来跟我解除委托合同的，因为他听说虹以为我仍旧是他的代理人而屡次骚扰我。我赶紧和他办了手续。我说，你这样躲着不是办法，你还是去看看你的孩子，好好地跟他的妈妈谈谈，事情总要解决的，要不然我都不知要被无故纠缠到何时。

翔点点头说，真对不起你，叶律师。

翔就这样走了，没有留下任何联络方式。

我也没有再见到过翔。

可是我还是没能避免被虹又多次毫无道理地咒怨、谩骂、骚扰……我断断续续地听说虹曾强行搬入翔的妈妈刚分配到的安置房，后又从安置房中搬出来，还听说翔的家人提出过抚养孩子，但虹不肯，以及很多未经证实的信息。

# 复合的有情人，难以逾越亲子障碍

这原本应该是近乎完美的一家三口，美丽温柔的妻子，诚实顾家的丈夫，聪明可爱的萌宝。然而，妻子和丈夫未能如愿办理结婚证，无法获得法律上的夫妻关系，而两人亲生的女儿，其生父关系也错误地登记在一个外国人的名下。一个棒打鸳鸯、有情人分手又复合的曲折故事，一桩未能如愿出国反遭骗财的跨国婚姻，一段为纠正亲子关系而走上法庭的涉外离婚诉讼之路。通过法律途径，一家三口终获完满的身份确认。

楠悦是我多年前的一位朋友，一位率真美丽的富家女。记忆中的她，小巧伶俐的模样，脸上总是洋溢着甜美的笑。大学毕业后，听说楠悦一直在北京、上海的私企工作，很少回家。直到2013年的一天，她突然出现在我的律师楼里，那时我才知道她已经回家乡多年，并且是一个3岁宝宝的妈妈了。她那时相当憔悴，忧愁遮盖了她曾经纯美的面容，她说："一切都是我的错，是我自己自酿苦果。"她向我讲述了她的故事，一个颇为戏剧性而又充满伤感的故事。

"我和方皓是大学同系的同学。大二的时候，我们在一

次同乡会上认识，我们很谈得来。那次以后，他就经常来找我，开始追求我。我觉得跟他在一起很踏实，两个人的性格也很合得来，于是我们就正式开始交往。大学快毕业了，我打算留在S市，因为这里有我父亲的产业，父亲希望我接管他的生意。方皓为了继续跟我在一起，也留在了S市，但我也是在那个时候才知道，方皓的家里经济条件很不好，之前他一直打肿脸充胖子瞒着我。直到我发现他租住在地下室，我才了解到他的处境。他父亲长年卧病，母亲替人打工，一个弟弟和一个妹妹都还在读高中，为了供他在高消费的S市读大学，家里已经负债不少，本来还等着他赚钱资助家里。但是刚一毕业，工作并不好找，加上S市的房租高。方皓刚开始在一家设计公司工作，每个月的工资拿过来付掉房租后，剩下的仅勉强填饱肚子，生活上非常拮据。所以他找了间地下室租住。因为强烈的自尊心，他甚至拒绝了我的资助。虽然他很努力地工作，但是社会的复杂和艰辛，让我们的感情在那段日子里都备受煎熬。

　　"我父亲知道了我和方皓的恋情后坚决反对，方皓的家境是我父亲所不能接受的。尽管我也抗争过，但是从小到大，父亲在我们家里就像山一样威严，在这个事情上，他勒令我不准再见方皓。令我伤心的是，方皓得知我父亲的态度后，非但没有全力争取，反而跟我提出了分手。他说，不愿意被我父亲看不起。那天我哭成了泪人。离开方皓，我非常痛苦，真觉得人生没意思。

　　"那段时间，朋友看我精神差，就经常带我出去参加一些青年人的聚会，帮我散心。那个时候，我就想着尽快离开中国，去到国外。就在那个时候，我认识了外籍人士山姆，他说可以帮我出国，只要我跟他领取结婚证。但我要给他一笔钱，我同意了。我们说好，我先付10万人民币，出国后，再付10万人民币。就这样我们去办领了结婚证。我把钱付给了山姆，他去帮我办出国手续。

"但是哪里知道，他这一去就杳无音信，别说帮我出国，就是他的人影都没有再出现过。这时，我才意识到被骗了。我父亲知道后，很生我的气。可能这件事情对他也有触动，他不再那么限制我的自由了。那段时间，方皓刚好接了一个设计项目，客户是我们一个共同的老同学，就把我们约起来，于是我和方皓又重新走近了。

"经历了一段波折，我和方皓开始重新审视我们的关系，我们彼此比过去任何时候都认真了，我们决定了再也不分开。我也彻底从家里搬出来，住到了方皓租住的小屋里，就这样我们开始共同生活。我不在乎名分和钱财，只要我们共同努力，我相信我们会有光明的前景。我的父亲终于默许了我们的关系。半年以后，我怀孕了。由于我已经有一个名义上的婚姻，没法去和方皓领结婚证，也不敢公开办理结婚仪式。就想着等孩子生了以后，再把这些事情处理好。我也尝试过联系山姆，但是没有任何回音。

"女儿生下来之后，我要去给孩子上户口，结果发现孩子的出生医学证明上，生父是山姆的名字。我们赶紧去找医院希望能够把这个证明改过来，但遭到了医院的拒绝。医院说他们的依据是结婚证和准生证上的配偶的名字，不能单方面擅自修改。这下我和方皓都意识到了这个问题的严重性，也觉得不能再耽搁了，必须要寻求一个解决办法。所以我想到了找律师。我不单是要解除我原来跟山姆的婚姻，而且要让孩子与方皓的亲生父女关系得到法律上的确认，不然我太对不起方皓了。方皓也希望给我一个真正的婚姻，让我成为他法律上的新娘。"楠悦讲完这个故事，眼里有一些迷茫，但更多的是对我的信任和期盼！

听了楠悦的讲述，我告诉她，我们需要着手先帮助她解除与山姆的婚姻，这样她才可以真正与方皓建立婚姻关系，不然将有重婚之嫌。不要做触犯法律之事，这是你的底线。她对我的建议表示赞同，说暂时会跟方皓分开，但孩子是无辜的，希望尽量把孩子的亲子关系得到法律上的确认。为此，我们拟订了离婚诉讼方案。考虑到山姆很可能缺席诉讼，需要通过涉外公告送达法律文书。因此我告诉楠悦，这个诉讼过程可能比较漫长，需要耐心等待，一步步解决。

在接下来的数月内，我们首先启动了楠悦与山姆的离婚诉讼，请求法院准予双方离婚，并请求判决认定原告楠悦生育的女儿与被告山姆不具有亲子关系，由楠悦负责抚养教育。根据最高人民法院关于适用《婚姻法》若干问题的解释（三）第二条的规定，夫妻一方向人民法院起诉请求确认亲子关系不存在，并已提供必要证据予以证明，另一方没有相反证据又拒绝做亲子鉴定的，人民法院可以推定请求确认亲子关系不存在一方的主张成立。因此，我们需要提供证明女儿与山姆不具有亲子关系的必要证据，考虑到山姆不可能出庭应诉，更不可能参与亲子鉴定。因此，作为原告楠悦提交的必要证据，必须更加充分确凿，使得法院能够在不依靠被告参与亲子鉴定的情况下，仍然能凭借原告提交的证据做出否认亲子关系的推定。为此，我们帮助楠悦先委托司法鉴定机构将女儿与亲生父亲方皓之间做了一个亲子鉴定，结论为双方亲权关系的概率在99.99%，拿到了女儿非山姆所生的关键证据；其次，我们又让楠悦提交了结婚证登记后山姆即出境离开中国的一系列文件资料，及楠悦怀孕的孕检资料，以证明楠悦受孕时，山姆已经离境在国外，不具备与楠悦共同孕育孩子的客观生理条件；再次，我们在提交山姆收取楠悦支付的10万元款项的收款凭证的同时，又申请楠悦的家人、朋友等多位证人出庭做证，证明山姆在骗取了楠悦的钱款之后，就消失得无影无踪，双方并没有同居生活的事实。法院最终采信了我们的证据，在山姆未到庭应诉的情况下，做出了缺席离婚的判决。判决均支持了楠悦提出的诉请，判令准予双方离婚，推定女儿并非山姆的婚生女，不具有亲生父女关系。

　　拿到法院的判决书，楠悦喜极而泣。之后，楠悦和方皓先去办理了结婚登记手续，接着凭借楠悦与山姆的离婚判决书、楠悦与方皓的结婚证以及亲子关系鉴定书，楠悦与方皓顺利地办理了孩子的户籍，一家三口终于在法律上得到了完美的身份确认。2014年春天，我收到了楠悦和方皓举行结婚仪式的请柬。此时，他们的宝宝也有两周岁了。婚礼上，一对璧人抱着可爱的孩子，收获了所有来宾的祝福。

第二章　亲子鉴定的悲欢离合

## » 案后结语：

本案系一宗涉外离婚案，同时涉及亲子关系的认定，以及涉外民事关系的法律适用。意即，在离婚案件中，当一方当事人是外国人的时候，法院审判的依据究竟应该依照中国法律呢，还是要依照该外国人的国籍国法律呢？如果依照中国法律，则有关亲子关系的认定，当然可以依照中国的婚姻法以及司法解释相关规定。但如果要依照该外国法，则规定很可能完全不一样，那么对于法律适用，我们要如何做出判断呢？根据我国 2010 年施行的《中华人民共和国涉外民事关系法律适用法》第二十六条的规定，协议离婚，当事人可以协议选择适用一方当事人经常居所地法律或者国籍国法律。当事人没有选择的，适用共同经常居所地法律；没有共同经常居所地的，适用共同国籍国法律；没有共同国籍的，适用办理离婚手续机构所在地法律。第二十七条规定，诉讼离婚，适用法院地法律。因此，法律适用的前提是法院对案件具备管辖权，如果涉外离婚案件由法院进行了管辖，进入了诉讼程序，就必然要适用上述第二十七条，由法院地法律作为适用规则。因此，本案涉外离婚进入诉讼阶段，由中国法院进行管辖审理，则应当适用中国婚姻法和司法解释予以裁判。

# 第三章
# 夫妻财产的争夺之战

——婚姻是一场征途，途中没有风景

爱情的天平加上金钱的砝码，就会失去幸福的平衡；买卖婚姻成交的时候，往往就是爱情悲剧的开始。如果把金钱当作爱情的化身，无疑是把爱情推向绞架。不要在别人的痛苦泪水中去驾驶自己的快乐之舟吧。当你在行使"恋爱自由"权利的时候，请不要忘记遵守起码的社会公德。

——陈玉蜀

财富是一种寄存，钱再多，你无法带去来世；情爱是一种寄存，人之亡之，情之焉附？权位是一种寄存，无论你怎样叱咤风云，却不能逃出最终的交替；即使是生命本身，也不过是寄存于这个星球上的匆匆过客。而这个星球，本身充其量也就是造物主为人类建造的一间小驿站。

　　婚姻是以爱为名纯粹的结合，也是我们心中一种无限的情感和外界一种有形的美好理想的结合，它不只是一种感情，它同样是一种艺术。婚姻的幸福与否在于双方的用心经营，不应是建筑在显赫的身份和财产上，只有彼此相互崇敬、欣赏，这种幸福才会有着谦逊和朴实的本质。

　　因为爱情，我们期许一生一世的婚姻。但在长期的婚姻里，当激情退去后留下的只有平平淡淡的生活，其中掺杂着柴米油盐、锅碗瓢盆的家庭琐事，聪明的人从中寻找到乐趣，抱怨生活的人却在不知不觉中消磨了彼此的爱情。幸福的家庭千篇一律，不幸的家庭各有不幸，当婚姻失去爱情的润色，留下的只有晦暗、荒芜的心田，分开也就成了两人最终的归宿。

　　离婚这件事并不可怕，可怕的是曾经相爱的两人，因为财产争夺而对簿公堂，从此形同陌路。

# 婚后赠房，难以守护的个人财产

作为一名高校教师，庄琳凭借个人努力获得学校人才引进优惠政策赠送的房产。然而，这套房子却引来前夫的觊觎，并起诉法院争夺房产份额。几经诉讼纠葛，房产仍被分去三分之一。庄琳无奈结束了这段伤心往事，去往国外寻求归依。

我的当事人庄琳，是一名高校的老师，丈夫因病去世后，她带着儿子相依为命。2000年间，庄琳经人介绍与同样离异的庆原认识，两人很快就结婚了。婚后庄琳发现庆原脾气暴躁，动不动就辱骂，甚至动手打人，庄琳和孩子都惧怕他，不敢惹他。半年后一次偶然的机会，庄琳才意外获知庆原曾因犯盗窃罪被劳教六年。庆原在婚前故意对她隐瞒了这一重大事实。但婚姻已成事实，庄琳已没有更好的选择。2001年，庄琳离家到外省某高校攻读博士后。2002年，庄琳来到Z市，作为引进高层次人才被某高校聘用为任教老师。根据该校引进高层次人才的优惠政策规定，由学校出资购买经济适用房，奖励一批符合条件的高校教师，庄琳也在奖励名单中。2003年，该房交付庄琳使用。随后，房管局将该房产权登记在庄琳名下。

2003年，庄琳与学校就"购房服务期制"办理协议书公证手续。协议约定："学校预付购房款，庄琳在购房后实行服务期制，服务期为达到赠房条件之日起三年。该房屋产权证、契证、土地证三证由学校代为保管，若庄琳达到赠房条件且服务期满后，学校归还其'三证'。若在学校规定时间内庄琳未达到赠房条件，则一次性支付学校购房款计20万元，学校归还庄琳'三证'。服务期为自人事手续办完之日起三年。若庄琳未满服务期离开学校，必须将住房退还学校，学校退回购房款。"根据学校此前发布的《引进人才住房安置暂行办法》的规定，庄琳所要达到的赠房条件是指按要求完成学校规定的教学与科研工作任务，并在三年内晋升一级职称或获得国家四等、省部二等、市一等以上科技成果奖。协议签署后，庄琳继续在学校努力工作，以期能在三年服务期内取得科研成果获取赠房。

庄琳和庆原婚后长期分居，但庆原经常来骚扰庄琳。为躲避庆原，庄琳才来到Z市，然而庆原不依不饶，不断骚扰庄琳的父母，并最终找到Z市。无奈，2005年庄琳回到老家H市，向H市法院起诉离婚。经过审理，法院判决准予双方离婚，对于庆原提出要求分割学校分给庄琳的该套房产，一审法院认定"根据庄琳与学校的协议，庄琳尚未取得该房屋的产权，故本案不能进行分割，可在协议期满后另案起诉"。一审判决后，庆原不服，向H市中级人民法院提出上诉，称该房产属夫妻共同财产，应依法分割。案经中院审理，做出终审判决书，认定"鉴于庄琳与学校签订的协议书明确约定实行服务期制，服务期为自人事手续办完之日起三年；若未满服务期庄琳离开学校，必须将住房退还学校，学校退回购房款，且该协议书经公证，因而该房产的权属归庄琳所有是附条件的，参照《合同法》第四十五条、最高院关于《婚姻法》司法解释（二）第二十一条之规定，本案不宜判决该房产的归属，待生效条件成就时可另行起诉"，并判决"驳回上诉，维持原判"。

之后，庄琳以分期付款的形式，向学校付清了原由学校出资的购房款。2006年，庄琳在学校的三年服务期满，学校同意该房归其本人所有。但由于庄琳在离婚诉讼期间，一直遭受庆原的骚扰、威胁、恐吓、打击，以致严重影响了正常的教学科研工作，最终没能在服务期内拿到科研成果奖，从而遗憾地失去了获得赠房的条件，未能退回购房款。

庆原得悉庄琳已取得房产所有权，遂向法院起诉要求确认共有权，并分割房产。对此，庄琳委托我作为她的代理人应诉，我们提出了抗辩，认为。

"1. 购房资格的取得归功女方，与男方的工作背景、资历、身份关系等都毫不相关。女方作为Z市的引进高层次人才被高校聘用，根据政策规定取得该经济适用房分配资格。

"2. 购房条件的成就归功女方，与男方无关。女方与学校达成'购房服务期制'协议后为该校服务了三年，并满足了学校对引进人才在教学、科研方面的各项要求之后，经过每年的考核，方达到购房条件。三年的工作业绩是女方全凭个人努力完成，是原告辛勤劳动所得，男方没有丝

第三章　夫妻财产的争夺之战

毫贡献，反而长期骚扰女方、孩子和女方的父母，严重影响了女方的正常工作和生活。

"3. 购房款及其附属部分支付的所有费用均系女方个人支付。购房时，学校按学校引进人才政策，预支给女方购房款，女方之后向学校返还了预支的购房款。该房屋的装潢费、水表、电表安装费、物业管理费、楼道装修费、防盗门安装分摊费等也都是由女方个人负担。女方承担购房款及其附属费用的时间在与男方离婚之后，购房款及其他支付款的来源全部是女方的个人所得。这几年房价上涨，国家利率调整多次，女方为该房产及其附属部分支付的所有费用也随之增加，不应按原房产及附属费用计算现有房产的成本，请法院在分割房产时考虑这一因素。

"4. 双方的离婚原因，是因为男方实施家庭暴力、双方长期分居、男方骚扰女方小孩和70多岁老人造成的，男方是过错方。婚姻存续期间，为躲避男方的变态家庭暴力行为，女方与之长期分居，并多次提出协议离婚无果。男方得知女方在Z市可以按政策分房，认为有利可图，遂住进女方租赁的房子，逼迫女方离家另找房子租住。女方的软弱和好面子并没有平息男方的恶习，2002年在女方出国访问期间，男方不但没尽家庭成员应尽的责任，反而使家庭暴力升级。男方发电邮、打电话威胁恐吓原告，要女方为其小孩和父母每人准备一副棺材；同时男方往女方父母和小孩的住处半夜12点、凌晨1点至4点和中午午休时间打电话恶意骚扰和恐吓，时间长达3个多月。电话录音和公安机关出具的女方父母在当地公安机关多次的报案材料记录可以证明。在离婚诉讼期间，男方还多次威胁恐吓女方，不但使女方不敢享受学校给人才安排的住房、在生活和工作上的便利待遇等，而且严重影响了女方的教学、科研工作及声誉，使得女方失去了赠房机会。"

我们认为，2007年10月1日施行的《物权法》中的相关规定第十六条、第十七条的立法背景以及理论界已形成的共识，是支持这么一个观点：不动产权属证书是权利人享有该不动产物权的证明，但不是唯一的证明。物权的登记仅仅是推定证据，而不具有绝对效力。具有权属证书是推定物权取得的证据之一，但不是法院确权的单一证据。当有其他证据的证明效力远远大于或足以推翻该权属登记的，应采纳该证据所证明的物权归属。具体到本案中，庄琳与学校签订的协议书明确约定该房产暂由庄琳登记为产权人，但权属在三年内仍归学校所有。同时，就其达成的各项条款，包括学校预付房款、三证由学校保留、三年内不得上市、未达到赠房条件须交付房款、未满服务期则要退房等，也均表明双方签订协议时明确约定，先由庄琳领取产权证成为名义上登记的产权人，但物权的归属实质上在庄琳工作的三年内仍由学校所有，庄琳除在学校的允许下使用该房，不享有物权所包含的占有、使用、收益、处分的一切权利，三年内视服务情况再决定该房的所有权人是否转归庄琳。

因此，这项约定既不是取得所有权的附属条件，也不是取得所有权后对学校所负的合同义务，而应当认定为：庄琳和学校对物权归属的特别约定。此项约定证明物权虽

第三章 夫妻财产的争夺之战

登记为庄琳，但权属当时系归属学校。并且，由于此时庆原也并非共有权人，故约定无须征得庆原同意。因此，庄琳和学校提供的公证协议书及双方履行该协议的诸项证据形成的证据锁链，其对产权归属的证明效力远大于产权证登记的证明效力。因而庄琳认为，其取得产权的时间实质应该是在服务期满，也就是离婚后，因此离婚后取得的房产系其单方财产，而非与前夫庆原的共有财产。但鉴于庆原起诉离婚一案已经审理终结并生效，而法院在离婚案审理中则持"考虑到被告庄琳在婚姻关系存续期间取得的房屋属夫妻共同财产"的观点。同时，庄琳实在不愿意再与庆原有任何牵连，所以才退而求其次，主动提出分割房产。但庄琳强烈请求法院在分割房产时，充分考虑庄琳提出的上述理由，按照庄琳主张的方式分割该房，即庄琳取得该房产权，由庄琳通过法院向庆原支付扣除一切税费，手续费等各项应缴费用之后十分之一份额的折价款。

关于该房究竟是夫妻双方在婚内取得所有权，还是离婚后庄琳单方取得房屋所有权，是该案争议焦点，并在庭审上展开了激烈的争论。庄琳提出上述理由，坚持主张房产系其个人所有，但愿意拿出其中的十分之一份额的折价款分配给庆原。庭后经法院调解，最终双方达成了调解协议，房产归属庄琳所有，庄琳支付庆原该房三分之一的房屋折价款。从十分之一到三分之一，庄琳对于这样的调解结果其实是不情愿接受的。但由于在这件事情上已经牵扯了太多的精力，庄琳基于各方面考虑，选择做出让步，这颇有些无奈。结案后，庄琳很快离开了学校，到美国一所大学任教，开始新的生活。

## » 案后结语：

我国《婚姻法》规定的夫妻财产制包括法定和约定两种。在法津适用方面，两种夫妻财产制度分别存在一些争议问题。例如，依《婚姻法》双方当事人选择了法定财产制，婚后一方取得的财产属于夫妻共有；而依《物权法》，当事人对不动产不进行变更登记的，则不发生物权的变动。我国《物权法》对物权变动有明确规定，《物权法》第九条规定："不动产物权的设立、变更、转让和消灭，经依法登记，发生效力；未经登记，不发生效力，但法津另有规定的除外。"第十六条规定："不动产登记簿是物权归属和内容的根据。不动产登记簿由登记机构管理。"第十七条规定："不动产权属证书是权利人享有该不动产物权的证明。不动产权属证书记载的事项，应当与不动产登记簿一致；记载不一致的，除有证据证明不动产登记簿确有错误外，以不动产登记簿为准。"据此，除法津另有规定外，不动产未经登记，不发生物权变动效力。问题在于，《婚姻法》关于法定夫妻财产的规定，是否属于"法津另有规定"，即夫妻基于身份而取得的财产共有权，是否需要履行物权变动形式？对此，理论界和司法实务中均未明确。依据《婚姻法》中"婚后取得"这一规则，只要系争财产的权利取得时间在婚后，则首先应推定为夫妻共有财产。夫妻一方有相反证据的，可以否定夫妻共有的推定。笔者认为，在这种情况下，争议财产的形态表现为房屋所有权，由于房屋产权的取得时间发生在婚后，所以无论登记产权人是夫妻一方还是双方，首先都应推定为夫妻共有财产。如果当事人能够提供推翻共有推定之证据的，如在登记产权人为出资方的情况下，如登记产权人可以证明房屋系以个人财产购置，则可推翻夫妻共有的推定，视为只是婚前财产形态发生了变化，财产权属不变动，仍属个人财产，只是夫妻一方将婚前所有的金钱转变为房产而已。

摄影：徐剑峰

# 围城再入，梦难再续

再婚的婚姻，不仅牵涉到男女双方的情感融合，更掺入了夫妻两个人的经济融合，以及来自两个家庭的成员间的融合。一旦某个方面出现问题，就会形成连锁反应，导致婚姻殿堂的崩塌。本案的女主人公，在走进再婚围城时，虽经过多番思量斟酌，在婚内也是谨小慎微对待每一件事、每一个人，试图呵护着再婚的婚姻。然而，现实仍摧毁了她的理想，让她在单方的努力维系中清醒过来，让她明白，婚姻的基础是信任和尊重，如果没有了这个基石，婚姻将轻若菖蒲，挥之即去。

她是个风姿绰约、温柔淡雅的女子，45岁的年龄，仍保留着姣好的容颜和窈窕的身材，因着前夫留下的丰厚财产，她的独身生活依然过得明媚随性。她叫妍，经营着一家小小的咖啡馆，白天三五朋友小聚畅聊，夜晚守着电脑与在美国读书的女儿温情诉说，日子像流水一样，清澈而又缓慢地过去。朋友总劝她找一个好男人，下半辈子有个依靠，她说无所谓。其实她并不是真的无所谓。心气颇高的她，尽管内心很需要一个温暖的肩膀，然而人海茫茫，

第三章　夫妻财产的争夺之战

总也难以寻觅到中意的那一半。多年来，也有很多痴情汉追求过她，然而没有一个能真正入得她的眼、走进她的心。她已很难再将就自己，就这样一个人过，也挺好。她对于自己的婚姻，慢慢已经有些认命了。然而，2011年春天发生的一件事，却彻底改变了她的想法，令得她决心乘着自己还没有老，要把自己成功地嫁掉。

那一年，她动了一个小手术。在住院康复期间，因为父母年岁大，姐妹都有各自的家庭事业无法照料她，于是家人给她雇了一个保姆。她平素有洁癖，生活上习惯了独立，细节上又特别有讲究，突然卧床依靠保姆照料颇有不适应，于是经常因为小事与保姆发生摩擦。有一天，她想喝一碗港式煲粥，便让保姆去给她买一碗。保姆在楼下转悠了半天，上来给她拿了一罐从小超市买的八宝粥。她也不知道哪里来的火气，也许是长久压抑的郁闷所致。当下她就气恼地说："不是这种，这点事你怎么也办不好，雇你来不是玩儿的。"那保姆也不是好惹的，立马就顶嘴："不就一碗粥吗，这么难伺候，像人家有老公的，撒个娇还顶事儿，你就这就很好了。"这句话声音虽不大，但是在她听来像炸雷一样，她一下气得发抖，登时把那罐粥狠狠地摔到地上，也吓到了保姆。事后，保姆就辞职不干了。她的妹妹跑来照顾她，她抹泪诉苦。无依无靠终究不是一个办法，于是她决定这辈子一定要找一个可以撒娇的老公。

2011年夏天，通过朋友的介绍，她认识了安宏。安宏在国内外均有自己的产业，现在是 M 市一家城市规划院的知名高级工程师。安宏比她大了 10 岁，离异，有一个女儿刚从国外留学回来。妍的优雅贤淑、温情脉脉也让安宏一见钟情。二人相见恨晚，很快就正式交往。不到半年，妍就搬到安宏位于M市的豪宅，两人领取了结婚证。在这之前，安宏带着妍去做了一件事情——婚前财产公证。由于安宏和妍都有各自的财产，特别是安宏，婚前财产涉及房产别墅、股权投资、古董收藏品等。因此，安宏提出去办理财产公证，约定"婚前财产归各自所有，各自有权处分决定财产今后的安排和归属，婚后妍的收入归妍支配，安宏的工资收入归夫妻共有"。妍考虑到双方都有各自的子女，且自己并不是看中安宏的财产才愿意嫁给她，于是同意与安宏去办理财产公证。为了表示对妍的诚意，办好公证以后，安宏打了100万人民币给妍，当作是给妍的彩礼，妍也接受了。

婚后，妍和安宏以及安宏回国的女儿同居一个屋檐下，开始共同生活。然而，这段生活后来成为妍挥之不去的梦魇，妍苦熬了不到一年，就从豪宅逃离，这个婚姻也彻底以失败告终。妍后来在离婚诉讼中找到我，要求我担任她的代理人，并跟我讲述了离婚的原因。

"我原来以为安宏很大度、有男子汉气魄。然而在共同生活后，我才知道他是多么令人难以想象、无法容忍的苛刻吝啬。他家里所有的财务从不跟我透露一个字，也不让我经手，这也就算了，我也没有过问，我也不贪图他的钱。在我搬进他家之前，他说家里刚装修好，需要软装布置，让我帮他请个人来搞软装，我就找了一个朋友来设计软装。他家是栋别墅豪宅，软装配置大约要花50多万人民币，他觉得可以。这样我就把自己的咖啡馆关掉，来到M市，全

第三章 夫妻财产的争夺之战

身心帮忙打理。等到付款的时候，他说人在日本出差，让我先付钱，他回来再还我。都是一家人了，我就连忙同意了。他从日本回来后，就没有提起软装，要还我钱的事情。过了几天，负责硬装修的装修师傅上门结算，结算款项大约需要 200 来万人民币，他当场翻脸，说不需要这么多钱，把人家骂得狗血淋头。人家拿出合同和每次采购时他本人的签字，他仍然不认账，还把装修师傅赶走。后来，装修师傅气得到法庭告他，他理也不理，还是我跑到法庭向法官求情调解。法官跟我说，根据证据，判决的话至少要判 190 万人民币，你们前期才预付了 90 万人民币，还差 100 万人民币要支付给对方。

"在我反复的恳求下，最后说到了 160 万人民币，再往下对方无论如何也不同意了，我就答应了。签字后要付 70 万人民币给对方，安宏得知后在电话里就大骂我，说不付。我说这钱你不付没有道理，他就说别人都能赖掉的，就我是个大傻缺。后来法官接过电话，把他狠狠训了一顿，他才安静了。回家后，他理也不理我，我问他钱怎么办，他说你签的字你付，我气起来说这个钱让我付我怎么付得着，我好心帮你解决问题，你还怪罪我。就这样，这件事情，最终在他心不甘情不愿的情况下，拖了两个月才把钱给人家。

"他的钱已经够多了，每月出去光讲课费都有几十万收入，但是他对待花钱却非常吝啬。本来说好，他每月的工资拿来家用，实际上他的工资从未经我的手。因为他说他的工资卡已经直接扣取了房子的水电费、物业费和花木养护费，没剩下多少钱了，这就等于家里其他所有的开支都是我在承担。但是，他还不承认，说自己没怎么回家吃饭。他的确没怎么回家吃饭，但是家里开支仍然很大。他女儿闵闵每月有一半的时间会请朋友来家里玩乐，所有的东西都是我事先准备好，事后还要请钟点工来帮忙收拾，光这项支出就是一笔不小的开支。为了跟闵闵相处好关系，我很尽心地去做，但结果却收效甚微。闵闵总觉得我好像是在贪图她父亲的财产，其实天晓得这对我有多么不公。

"他对他女儿很宠溺，钱也会给他女儿花，但是父女俩很不投缘。话不投机半句多，经常争吵，有时候一吵起来家都闹翻了。我从来没有看到过这样恐怖的场面，劝也不敢劝，上去劝就被两人使劲推开，有一次还差点摔倒。即使这样他们谁也不会说我好，我很难做。这样的情况时有发生，让我在这个家里越来越觉得难以自处，直到我的女儿回国度假以后，发生了一系列事情，使得我彻底去思考这个婚姻究竟该不该继续下去。我的女儿小清从小很懂事，在美国读高中，都是她爸爸供养的，不需要我怎么负担。每年暑假她会回来跟我住一段时间，我们会一起出境度假。今年她很想去希腊，我也早早订好票。小清回国后，自然是来到这个家中。第一天晚上，我订了一桌饭菜，想让全家四人一起坐下来吃顿饭为小清接风。但是，安宏和闵闵都说那晚有事情，结果就只剩下我和小清两人，不过我们母女俩倒也自在开心。第二天，闵闵听说我们要去希腊度假，就说自己也想一起去。我想着借这个机会让闵闵和小清熟悉一下，就帮闵闵订了票，费用当然都是由我出了。临行

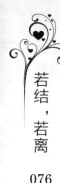

了，闵闵突然跟我说，她还有一个闺密要一起走。我说临时恐怕不能订上，闵闵不悦地表示非要订。我唯恐把这件事情弄僵掉，费了好大劲才帮她的闺密订上。闵闵为了这趟旅行特地买了一个大大的旅行箱，临行前，我有一些东西放不下，想放到闵闵的箱子里，但她不肯，说自己提不动。我只好硬塞进小清的旅行箱。

"这趟旅行后来证明我同意让闵闵一同前往是个最糟糕的决定，闵闵的任性、跋扈、霸道和对我的颐指气使，在旅行中暴露无遗。旅行快结束时，我女儿小清在床上偷偷地哭，悄悄地对我说：'妈，我们走吧，不要在这个家里住了，我知道你不快乐。'听完，我也哭得一塌糊涂。那次旅行回来以后，我觉得这个家，是无法接纳我们母女的，我也犯不着这样贱强留下来。我向安宏提出离婚。令人想不到的是，安宏并没有太多意外，也没有拒绝，唯一的要求就是让我把原来他打给我的100万元钱还给他，就跟我去办离婚手续。我非常气愤，我说这个家我也付出了很多很多，软装的钱50万，你都没有还我，你现在居然还让我还你100万，真是太没有良心。我当天就收拾全部东西搬离，从此跟他分居。"

2012年，安宏向法院起诉离婚，并要求妍返还100万元婚前彩礼。对此，我们提出答辩认为："一、婚前给付的100万元系彩礼性质，且不具有返还条件。本案双方当事人经介绍相识，原告较被告年长10岁，双方年龄相差较大。彼时，原告离异独居多年，遇到被告即倾心追求。被告虽收入一般，但自有资产丰厚，衣食无忧。被告有一女尚未成年，女儿由其生父提供充裕的经济支持予以抚养。被告只希望找一个嘘寒问暖、携手到老的伴侣，故被告择偶看重的是对方的人品和诚意，而非所谓的钱财地位。当时原告对被告疼爱有加，信誓旦旦称要给被告一辈子的依靠，被告才相信了他。原告为表示迎娶被告的一片诚心，一方面主动提出赠送给被告一笔礼金，作为被告的结婚花销以及自行支配，另一方面要求被告跟他一起马上去办领结婚证。由于双方相识时间并不长久，原告居住在 M 市，而被告则居住在 W 市，因此，被告当时内心尚有犹豫，本想再做考虑，但经不住原告的再三恳求，于是同意原告的安排。在这样的情况下，原告分两笔打款共 100 万元给被告，作为赠送给被告的结婚礼金（或称彩礼），紧跟着双方去办领了结婚登记。因此，这种以成就婚姻为基础的财物赠予情形，不但是遵循民间婚俗礼节，同时也符合《婚姻法》司法解释有关'当事人按照习俗给付彩礼'之规定。并且，这种给付一般不具有字据或书面协议，仅是男女双方之间发生款项支付的事实，因此被告主张的款项赠予性质乃具有事实依据、法律依据和情理根据。根据《婚姻法》司法解释（二）第十条的规定：'当事人请求返还按照习俗给付的彩礼的，如果查明属于以下情形，人民法院应当予以支持：（一）双方未办理结婚登记手续的；（二）双方办理结婚登记手续但确未共同生活的；（三）婚前给付并导致给付人生活困难的。'本案当事人之间的彩礼给付并不符合这三种情形，因此对于原告请求返还的主张，不应予以支持。二、婚后，被告代为支付原告的房屋装修款 50 万元，并承担家庭开支总计约 20 万元。该笔款项本应由原告承担，鉴于双方离婚，被告不想过于纠缠，遂放弃对该笔款项的追索，但如原告要求被告返还彩礼，则上述彩礼款项也悉数用于原告家庭，被告本人分文未得，且被告本人为家庭也付出很多花销，故不存在返还的可能。三、根据原、被告婚前的财产公证和约定，原告婚后的工资收入应归属夫妻共同财产，应当作为夫妻共同财产予以分割。然而，原告婚后仅仅承担了家里水电、物业费等，其余收入悉数被其隐匿。据被告了解，原告在规划院的年薪有 150 万元，加上在外讲课做项目等收入，年收入超过 200 万元，此项收入，离婚时，应由法院查明财产并分割。"

法院经审理裁判，认定该款属于婚前彩礼，且被告婚后共同承担了家庭开支，故判决准予离婚，驳回原告要求返还彩礼的请求。

离婚后，妍又恢复了单身，女儿后来去了英国读大学。多年后，我隐约听说妍开了一家西餐厅，还是不咸不淡地一个人生活。

## » 案后结语：

关于婚前财产约定，我国《婚姻法》第十九条规定："夫妻可以约定婚姻关系存续期间所得的财产以及婚前财产归各自所有、共同所有或部分各自所有、部分共同所有。约定应当采用书面约定……夫妻对婚姻关系存续期间所得的财产以及婚前财产的约定，对双方具有约束力。"再婚案件的双方当事人，尤其是财产殷实的当事人，注注会选择在婚前订立财产公证，约定婚前财产和婚后财产的归属，这在我国婚姻法上被认定为有效约定。关于婚前彩礼的返还，我国《婚姻法》司法解释（二）第十条规定，可以做如下理解：首先，彩礼是否返还的判断依据是双方是否缔结了婚姻关系，给付彩礼后双方未缔结婚姻关系的，原则上彩礼应予返还。若已缔结婚姻关系的，除特殊情况外，彩礼原则上不予返还；其次，本条规定的"双方办理结婚登记手续但确未共同生活的或婚前给付并导致给付人生活困难的"，这两种情形必须以双方离婚作为前提条件。最后，因给付导致生活困难应当是绝对的生活困难，是指其靠自己的力量已无法维持当地的最基本的生活水平，而非给付彩礼前后相差悬殊的情况。

第三章　夫妻财产的争夺之战

# 真假离婚协议书

这是一个离婚后财产分割案，黄进和茹君于 2005 年 5 月在 A 市法院诉讼离婚，法院判决准予双方离婚，因双方购买的多处房产尚未办理产权，故对房产未做处理。离婚后，黄进和茹君达成了一份《离婚协议书》，将他们共有的五套房产做了分割约定。之后，双方未能及时去办理产权变更登记手续，于是黄进于 2007 年提出起诉，要求确认离婚协议书的效力并据此分割共同财产。不料，在诉讼中，女方茹君突然又出示了另一份《离婚协议书》，该离婚协议书系双方在市民政局办理离婚手续时签订，协议约定"男方放弃财产共有权"。一桩婚姻，缘何会出现两次离婚，以及两份截然相反的离婚协议书，究竟孰真孰假。事情的原委，恰恰暴露出我国婚姻登记制度存在一些问题，即民政局协议离婚与人民法院诉讼离婚的机制之间缺乏互通互联互享互查的信息共享系统。这给诸多虚假离婚的当事人留下可乘之机，造成了巨大的社会隐患引来了不少司法纠纷。

2006 年，黄进找到我的时候，他的案子已经经过一审法院的判决，他败诉了。

他的情况有点糟糕，也有点曲折。他明确提出对这个"离婚后财产分割案"一审法院判决不服，要求上诉。

通过他的陈述，我大致了解了这个案情。原来，黄进与前妻茹君婚后长期在 A 市经商，因感情不和双方于 2005 年在某市法院通过诉讼解决离婚纠纷，离婚时双方签订了一份离婚协议书，约定国内五套房产的分割方案，并约定待日后产权得以办理时再行分割过户。此后，产权证可以办理时，由于原来购房手续都是茹君在经手办理，因此黄进屡屡催促茹君办理财产登记分配手续，都未能得到茹君的配合。为此，黄进起诉到法院，要求依照双方当时签订的离婚协议书分割共有产。

本以为事情会顺利得到法院的裁决，没想到女方在法庭上拿出来另一份离婚协议书，上面写着男方放弃所有共有产，并清清楚楚的有男方黄进的亲笔签名。黄进这才想起来，原来，当初在某市离婚时，双方确实签订了一份《离婚财产分配协议书》。协议由茹君起草，在夫妻共同财产部分，详细列明国内的共有五套房产，并约定其中四套房产由双方各分两套，余下一套 A 市的房产由于系黄进用父母的钱去购买，便约定归黄进所有。但该协议当时尚未经过双方签字。

然而，这份协议签订之后，他们发现遗漏了一个重要事实，即茹君的父母在他们婚内先后去世，遗留了一套房产归茹君继承，当茹君要去办理该套房产继承手续之时，被房管部门告知黄进也有共有权。当然，黄进本人也表态，对这套房产他可以放弃共有。本来事情也简单，只要黄进到场表示放弃共有，产权证依然可以由茹君单独办领。然而，茹君仍不太放心。经人指点，她想到了一个办法，即以办理虚假离婚协议的方式，由黄进在离婚协议书上放弃该房所有权，从而确保她安全地获得该套房产的单独所有权。由于黄进并无意分割该套房产，因此同意了茹君这个安排。

黄进和茹君已经离过婚了，如何又能重新再离一次？事实上，尽管黄进和茹君于 2005 年在 A 市法院离婚，但民政部门并不能主动获悉这一情况。于是，黄进和茹君对当时办理结婚登记的老家 B 市的民政局隐瞒了他们离婚事实，并称结婚证遗失，要求民政局给他们办理离婚登记手续。在民政局办理离婚手续时，他俩签订了一份虚假的《离婚协议书》，其中有这样一款的约定，即"女方婚后继承其父母的遗产即某县房产一套离婚后归女方所有，男方放弃其他所有财产"。双方都在协议书上签字。之后，茹君凭借该协议书和离婚证，在黄进的配合下，去该县房管部门办理了遗产过户手续。

双方利用异地民政局之间，以及民政局与法院之间就当事人的婚姻登记情况未能建立信息化数据库进行联网查询核实这一漏洞，顺利地完成了虚假离婚程序，达到房产变更的目的。然而，黄进未曾想到，这一纸虚假离婚协议书竟对他分割共有产造成了重大阻碍，不但混淆了离婚时双方的真实意愿，更使得原本清楚的财产分割协议变得扑朔迷离，真伪难辨。

一审法院判决认为："双方在 A 市法院离婚后又去到民

政局办理离婚手续的行为存在一定的违法性，但在民政局形成的离婚协议书中关于分割共同财产的内容，属于双方的真实意思表示，故对双方均具有法律效力。"依照该离婚协议书的约定"女方婚后继承其父母的遗产即某县房产一套离婚后归女方所有，男方放弃其他所有财产"，双方在某市离婚后形成的离婚财产分配协议并未经过双方签字确认，不具有法律效力。因此，一审法院判决驳回男方要求分割共有产的诉请。

面对一审的裁判，黄进提出上诉，并陈述了上诉理由："双方在民政局办理的虚假离婚手续，并不仅仅表明该离婚行为'存有一定的违法性'，更能证明双方办理假离婚手续的真实意思，是为了办理女方继承父母房产的变更登记，并非男方要求放弃其他所有四套房产的共有权。双方此前已在 A 市法院依法办理离婚手续，原持有的 B 市民政局领取的结婚证已作废。离婚后，双方对共有房产做了离婚财产分割协议，虽协议没有签字，但协议系女方茹君起草，男方黄进表示认可，能够证明协议内容的真实性，即双方各半分割共有产。双方事后于民政局办理的虚假离婚手续及离婚协议书，其效力和内容仅及于女方继承的房产，而不及于其他四套夫妻共有产。这一点，双方当事人在当时办理假离婚协议和离婚证时是明知的、确信的，更是办假离婚的目的和意愿之所在。该虚假'离婚协议书'作为女方提供的证据，其不具有真实性、关联性和合法性，故不具有证明效力，不应被一审判决书采信，而且该'离婚协议书'约定不明，从文义上也不能推断出一审判决书的结论，

第三章　夫妻财产的争夺之战

即其他共有产均归属女方。"

同时，黄进作为上诉人，认为他诉请确权并分割四套共有产具有充分法律依据，双方在 A 市离婚，根据我国法律的规定，离婚时，双方未予分配的共有财产，离婚后，双方仍可再次分配，未达成分配协议的，或未履行分配协议的，或隐瞒财产的，有权向人民法院诉请分割夫妻共有产。我国《婚姻法》第四十七条规定："离婚时，一方隐藏、转移、变卖、毁损夫妻共同财产，或伪造债务企图侵占另一方财产的，分割夫妻共同财产时，对隐藏、转移、变卖、毁损夫妻共同财产或伪造债务的一方，可以少分或不分。离婚后，另一方发现有上述行为的，可以向人民法院提起诉讼，请求再次分割夫妻共同财产。"

由此，二审法院经过审理和主持调解，双方最终达成了分割共有产的一致意见，黄进也终于挽回了损失。

**》案后结语：**

我国男女双方办理离婚手续的渠道有两条：一是民政局协议离婚，二是人民法院诉讼离婚。前者出具的离婚证与后者出具的民事判决书或民事调解书具有同等法律效力。但民政局和人民法院之间就离婚信息登记缺乏有效的共享备案机制，一些当事人为满足其特定利益需求通过重婚、骗婚、假离婚、假结婚等达到目的，就利用这个婚姻登记信息不对称的漏洞，隐瞒真实信息，进行违法登记。现今，异地民政局之间的婚姻登记联网工作已经在加快建设中，然而民政局和人民法院之间关于离婚信息登记的系统化共享化建设还未启动，我国亟待构建离婚登记全国一体化系统工程，这项工作实际意义重大。

摄影：徐剑峰

第三章　夫妻财产的争夺之战

# 迷乱的再婚家庭财产纠葛

婚姻以爱情为基础，随着人们拥有的婚前财产越来越多，婚前财产的纠纷案件也在不断增加。在当前社会中，离婚率居高不下，于是重组新家庭自然而然地成为多数离婚男女的选择。当事人因为从离婚而分配的财产登记在名下，成为他个人所有单方资产，所以为了避免再婚后，婚前的个人财产被分割出去，应当采取法律手段将婚前财产进行合理的规划，规避"恋爱"或者"婚姻"失败带来的风险，保护财产不外流，让以爱之名的结合更纯粹。这从一定程度上达到保护婚姻基础的作用。

凛冬将至，寒风刺骨，此时的大街上没有太多的行人，一股凝聚不散的阴云当空徘徊，遮挡了阳光的温暖，正如他烦扰抑郁的心情一般，挥散不去。路上的行人脚步匆匆，好似背后有着什么东西追赶着他们前进一般，天色亦是越发阴暗，眼看一场大雪即将到来。夜幕降临之时，天空骤然飘起了鹅毛大雪，他坐在车里，摇下车窗感受雪花在掌心融化的那一丝冰凉的感觉。这时他回忆起几年前和艺琳相遇的情形。那也是在一场大雪中，但最终没能将她留下。

曾经在这样的寒冬里，有人陪伴对于他来说就是最大的温暖，总好过独自一人取暖。他原以为两人可以相伴一辈子，可惜仍然只是走过了生命中的一段短暂征途。经历了两次失败的婚姻，不知还能去哪儿寻找自己的幸福，想到这里，他浑身瑟瑟发抖，不知是寒风入骨还是心冷如冰。

那时嘉豪在一家国企单位上班，经朋友的介绍认识了悦华，两人在一起相处得还算融洽，不到一年便登记结婚。可婚后的日子就没有恋爱那般甜蜜和谐，夫妻两人会经常因为家庭琐事和孩子的教育问题而闹得不可开交，感情也越来越冷淡，十天半个月都没有任何话语交流。于是，这段婚姻在第十个年头以失败而告终。离婚时，嘉豪将名下的两套房产，一套分给悦华，一套留给自己，年仅十岁的儿子英杰便由他抚养。

婚姻虽然结束了，但嘉豪并不想让自己的事业从此终了。他和朋友合伙购置了一艘渔船，并持有 60% 的股份，再加上村里的两套安置房，嘉豪的事业蒸蒸日上，吃穿不愁。但是，这份成功的喜悦却无人问津也无人分享。大寒这一天飘起了鹅毛大雪，飘落在地上、窗沿上久久无法融化，走在路上咯吱咯吱的声响都快超过发动机的轰鸣声。他开着车在雪地里艰难地前行，终于在一家咖啡店门口停下来了。这是一间不大的咖啡店，里面坐满了人，不过相当温暖。自从忙于事业以来，他很少有时间真正坐下来体验生活，给自己独处的空间。他看着对面那个一边敲着键盘，一边向上级汇报工作的女孩，好像和自己比起来有过之而无不及。同是天涯沦落人，她忙起来的样子简直像极了那会儿

第三章　夫妻财产的争夺之战

刚进公司的自己。可能正是这个原因，女孩深深地吸引了他。于是，两人很快便认识了。

再往后的日子里，因为有共同的语言与话题，他们的感情快速升温，从相识到相恋再到结婚不到两年。这突如其来的爱情与婚姻让嘉豪激动不已，即使是二婚，他仍然把婚礼举办得格外盛大。因为经历过一次婚姻，所以他更加珍惜现在所拥有的，也下定决心要与现任妻子艺琳好好生活。两人齐心合力面对二次婚姻中的问题，不把前段婚姻中的问题带到这次的婚姻里，而且还给对方足够的空间与信任。

结婚后，嘉豪花了 120 万买了一辆小轿车，而且还出资 90 万来建设返回地的两套房产，并且在他多次合伙、拆伙后最终出卖渔船股份赚得了 205 万元的收益，生意与事业均一帆风顺。只要一有空闲他便带着一家人出去游玩。这样不仅是为了在繁忙中享受安宁的小生活，而且是想让英杰接受艺琳，缓和继母与继子的关系。在结婚后的两年时间里，由于艺琳一直未能怀孕，十分喜爱小孩的她就表现得格外焦急，无奈之下只有与丈夫前往上海就医，不料却被医生告知患有不孕不育症，怀孕概率很小。这对于一个女人来说无疑是晴天霹雳，做梦都想当母亲的她，却无法拥有自己的孩子。一时之间难以接受这个事实的艺琳在回到家后将自己关在房间里痛哭，嘉豪也感到十分失落。渐渐地，两人的感情开始淡漠。

随着时间的流逝，他们之间的隔阂越来越深。让嘉豪没有想到的是，艺琳将所有的气全部都撒在嘉豪的儿子英杰身上，而且两人经常在他不在的时候争吵得不可开交。现在他才明白过来，现任妻子艺琳原来一直都抵触他和前妻的孩子，而且两人的关系也从来没有缓和过。这样一来嘉豪对艺琳就彻底失望了，往后对她也是爱理不理。艺琳在家感觉自己被孤立、被排挤，无法忍受这样半死不活的婚姻，于是哭着回到了娘家。

2017年2月，艺琳提出离婚诉讼，并且还要求分割全部的财产。这样的要求引来了嘉豪的强烈不满，他认为自己名下的房产、村里分的房子、渔船的股权转让款均属于他自己的婚前财产，坚决不同意分割。一审法院做出判决认为，小轿车是他们婚姻关系存续期间购置，属夫妻共同财产，应当依法分割。老家的房产是男方婚前村里分配所得的返回地所建，该地按2009年在册村民分配所得，属于男方婚前个人财产，但双方在婚后为建造该房产所交纳的90万元款项属夫妻共同财产，应当依法分割。此外，嘉豪的渔船股份转让款是在夫妻关系存续期间经过多次的拆伙和合伙，是所得，属于夫妻共同财产。嘉豪认为该转让款已全部用于家庭生活，但无相应证据予以证明，所以该转让款依法予以分割。

这样一来，嘉豪的大半财产就会被分割走，心有不甘的嘉豪找到了我，他认为在结婚的时候签订了婚前协议，在婚前财产都进行一个梳理，是一个非常现实的、有必要的做法。但是，婚前协议写起来冷冰冰的，他就询问着有没有一种更好的办法，把他婚前的财产做一个梳理以及固定。针对嘉豪的想法，我们建议他以"幸福法律日志"的

第三章 夫妻财产的争夺之战

方式来做财产保障。从再婚到又离婚而产生财产纠纷的原因归结到底就是因为在婚嫁之初没有做好有效的法律保障，如果早期能具备法律意识，提前做好适合的法律保障的措施，特别是对于重大的资产事件，都以法律手段保存下来、记录下来、固定下来，并且通过律师进行合理的规划，是完全可以规避风险，甚至可以化解扯不清楚的矛盾。因此，需要在婚嫁伊始建立财产保障，隔离风险。

» **案后结语：**

1. 离婚后再婚家庭引发的思考。对于再婚家庭而言，如不能正确处理各方关系，那么会更容易出现解体的危险。首先，不能对婚姻抱有不切实际的期望。看待重组家庭时，要实际一点，不要太理想化，不能以再婚来填补空虚。如果未总结前婚失败的原因，这一段婚姻里也许会再次出现同样的问题。不要让前婚的不愉快经历影响夫妻相处，更不要将现任伴侣与前夫或前妻做比较。对于孩子的教养必须达成共识，再婚初期，子女管教宜由生父母进行，继父母则以朋友、导师的角色介入，建立起互信关系、行为准则以及赏罚标准后，方可实行共同管教。此外夫妻俩要学会看开一点，不要因他人的三言两语而动摇彼此的感情。

2. 关于婚前财产与夫妻共同财产的定义标准。婚前财产规定为夫妻一方所有的财产，不因婚姻关系的延续而转化为夫妻共同财产，但当事人另有约定的除外，即夫妻不论结婚经过多少年，一方婚前财产仍归一方所有。具体可分为以下四类：（1）婚前个人所有的财产，如工资、奖金，从事生产、经营取得的收益，知识产权的收益，因继承或赠予所得的财产、资本收益以及其他合法收入；（2）一方婚前已经取得的财产权利，如一方婚前获得预售房屋的产权而且完全支付了房款，婚后才实际取得该房的所有权；（3）婚前财产的孳息，包括个人财产婚前孳息和婚前个人财产婚后产生的孳息；（4）一方婚前以货币、股权等形式存在，而婚后表现为另一形态财产。如一方婚前的个人积蓄婚后购买的有形财产，股权转为了货币，这只是原有的财产价值形态发生了改变，其价值取得始于婚前，应当认定为一方的个人财产。值得注意的是，婚前的个人财产在共同生活中自然毁损、消耗、灭失的，离婚时，不能要求以共同财产或要求另一方以其个人财产进行抵偿。而对于用婚前个人财产婚后从事投资、经营，或者婚前投资婚后获得分红，则应认定为夫妻共同财产。

第三章 夫妻财产的争夺之战

# 徒留债务，爱成空

日常生活中，因夫妻一方赌博等产生了相关债务，导致无辜的配偶含辛茹苦为其还债的案例屡见不鲜。夫妻共同债务的认定一直是审判工作中的一个难点，虽然我国婚姻法已经对相关内容给出了解释，但是由于婚姻双方对夫妻共同债务与个人债务难以有清晰的认识，所以一旦夫妻双方出现债务危机，会因为无法提供有效的证据，夫妻另一方也要共同予以偿还，从而引发较大的财产纠纷，甚至出现恶意威胁等不正当行为，这样一来法律的公平正义就难以得到体现。

如何认定夫妻共同债务的性质？是否应当将"婚姻关系存续"作为夫妻共同债务的唯一判断标准？举证责任又应如何分配？这些问题成为当前司法实践中的重点内容。

"结婚十年，我的心没有一天是踏实的，现在终于一切尘埃落定，爱情、房子、车子已经没有一样属于我。看到床头仍然摆放着自己年轻时的照片，年轻时的我和现在的自己几乎是判若两人。以前青涩而活泼，眼角眉梢间总有笑意。现在的这张脸，毛躁，隐隐透着戾气和警惕。我一直觉得，每个人都像一粒谷，而好的婚姻就像是一片温厚的土壤，能让这粒谷变成一颗种子，生根发芽，绽放出更好的生命。但是，坏的婚姻就像一潭臭水，渐渐地腐蚀、沤烂这粒谷。

"如今你再看看我的样子，还会羡慕我吗？"

舒服地躺在草坪上，明媚的阳光暖暖地照在悦悦身上，远处拿着相机为她拍照的是她的妈妈歆妍。远方白云自由地在蓝天中嬉戏，绿地毯一样的草坪随风飘来沁人清香，她们已经好久没有出来散心，也好久没出来亲近大自然了。看着孩子开心地笑着，歆妍心里暖暖的，似乎孩子已经成为她生活的全部。即使是有丈夫，她却总是过着单亲妈妈的生活。看着在草坪奔跑的女儿的身影渐行渐远，她仿佛看到了自己曾经的样子，那么活泼，那么阳光。

说起歆妍和她的丈夫慕飞的缘分，就像是电影中才会出现的情节一样，本来是两个世界的人，却因为一次短途旅行而相遇。那时，歆妍从一个小城市来到大城市参加公务员面试，为了缓解紧张的情绪，便和对面的男孩聊起了自己的生活经历。他们聊得很投像，短短两个小时却仿佛过了几个世纪，两人沉浸在彼此的世界里，没有外人的打扰。很快，终点到了，他们很自然地留下了联系方式。可能真是应验了那句"海内存知己，天涯若比邻"，那也是一份难以割舍的情愫。

在面试中，歆妍镇定自若，自信地面对了每一场考验，顺利地考上了公务员。于是，她在 H 市有了一份稳定的工作，一切都按照自己的心意进行着。在她忙于适应这份来之不易工作的时候，一个陌生的号码打乱了她原本按部就班的生活。电话那头正是慕飞，得知两人都在一座城市后，便主动邀请歆妍见面吃饭。出于对他的感激，歆妍精心打扮后便去赴会。对于他们来说，最美的爱情是回应，是两个人在一个频道上，随时随地聊得来、随时随地合拍。经过这次见面，两人的感情迅速升温，在往后的几个月里，两人进一步了解交往，不到半年便确立了恋爱关系。

慕飞在一家公司里做人力资源经理，待遇还算过得去，但是在城市中生活各种开支都要高出许多，再加上大手笔的花费，一年下来根本都存不了多少钱，更别说在大城市安家立命了。一转眼两人在一起两年，到了本应结婚的年龄，歆妍却迟迟等不到男友的求婚。细致的歆妍看出了慕飞的心思，是因为没有足够的资金为他们购置一套婚房。于是，歆妍主动表示双方可以各出一半首付一套小公寓。即使房子很小，但是两人在一起的心却是真的。

待一切安定下来后，两人在亲朋好友的见证下举办了简朴的婚礼。即使没有彩礼、没有婚车，但至少那时的他们是幸福的。

在结婚后的日子里，生活平淡如水，没有太大的波澜。家里的事全都是歆妍一人打理，就连孩子出生后也是由她一个人照顾。

婚后，慕飞一心想发财到处举债，歆妍一连几个月都见不到慕飞的身影。不久后，慕飞因为沉迷网络借贷，导致负债累累，歆妍没有办法只有卖房来帮他还债，以为这样能够让他痛改前非，但是结果却不尽如人意。两人最终还是因感情不和而继续分居，只剩下她和女儿守着冰冷的房子。为时，她不知哪里来的决心，想要结束这段没有感情的婚姻。

2011年10月，歆妍第一次向法院起诉离婚，却被法院驳回诉请。到了2012年7月再次起诉离婚，法院开庭审理。在离婚诉讼期间，慕飞向朋友借款10万元，后被债主逼债上门。在一审判决期间，由于歆妍无法提供证据证明"涉案债务系两被告分居之后，被告慕飞个人独自筹资行为"，从而法院判决债务属于夫妻共同债务。歆妍不服，决定上诉，于是她找到了我。作为她的代理人，我向法院提起了二次诉请。根据案件情况分析，其丈夫慕飞在歆妍不知情的情况下，向外借款，所借款项并没有用在夫妻双方的日常生活中，而且当时借款时间是在他们分居且起诉离婚期间。所以，依照法律规定应认定这为慕飞的个人债务，而非夫妻的共同债务。因此，原审法院判令上诉人歆妍承担连带还款责任系认定事实不清，采信证据错误，适用法律不当，二审法院应予改判。后来，歆妍向法院提供了一系列详细的证据和慕飞短信威胁的证据，二审法院裁判认定后，通过二审庭审各方当事人的陈述，以及上诉人的举证，能够证明涉案借款发生在夫妻分居及离婚诉讼期间，纯属慕飞个人挥霍，所以借款应当由慕飞个人全款偿还，上诉人歆妍不承担还款责任。

**» 案后结语：**

1.关于共同债务的认定标准问题。法律讲究平衡利益，

第三章 夫妻财产的争夺之战

夫妻虽为一个共同体，但如果一味过度强调债权人利益而忽视了非举债配偶一方的利益，在债权人与非举债配偶一方之间缺乏利益平衡机制，将有违法律公平理念。所以，根据《婚姻法》解释（二）第二十四条规定："债权人就婚姻关系存续期间夫妻一方以个人名义所负债务主张权利的，应当按夫妻共同债务处理。但夫妻一方能够证明债权人与债务人明确约定为个人债务，或者能够证明属于婚姻法第十九条第三款规定情形的除外。""共同债务"包含两层含义：一是夫妻共同债务应源于双方共同生活的需要。只要客观上是为了夫妻共同生活，无论是否经过夫妻合意，均应认定为夫妻共同债务；另一层含义是夫妻双方合意举债，即以双方名义出具借条，即使该借款未用于共同生活，也应视为夫妻共同债务。所谓"推定"是指非举债方无法证明、法院也未能查证债务并非共同债务，则推定为夫妻共同债务。设立推定规则是为了保护善意第三人而对举证责任的所做的分配，并没有改变夫妻共同债务的本质，但在适用推定规则时需要认真审查债务的真实性及用途，对其进行综合判断。

2. 关于个人债务的认定标准问题。浙江省高级人民法院《关于审理民间借贷纠纷案件若干问题的指导意见》第十九条第一、二项及第三项（一）（二）款规定：婚姻关系存续期间，夫妻一方以个人名义因日常生活需要所负的债务，应认定为夫妻共同债务。日常生活需要是指夫妻双方及其共同生活的未成年子女在日常生活中的必要事项，包括日用品购买、医疗服务、子女教育、日常文化消费等。

夫妻一方超出日常生活需要范围负债的，应认定为个人债务，但下列情形除外：（一）出借人能够证明负债所得的财产用于家庭共同生活、经营所需的；（二）夫妻另一方事后对债务予以追认的。歆妍与慕飞各自有固定的经济收入，双方夫妻关系存续期间凭借各自的稳定收入维持正常的家庭生活，根本无须借款，债权人和慕飞也未有证据证明该借款用于家庭共同生活、经营所需或事后歆妍对此债务进行追认。因而，该债务应认定为个人债务。

第三章　夫妻财产的争夺之战

# 精神病患者的离婚之忧

比起如今网络上直白露骨地秀恩爱，20 世纪 50 年代那辈人的爱情才是钻石级的相濡以沫。从前的日子过得很慢，车、马、邮件仿佛都很慢，人们的一生只够爱一个人。所以，每当说起那辈人的时候，婚姻还没有掺杂太多房子车子票子的想法，虽然他们似乎除了相亲，就是父母撮合，除此之外就没有别的形式。但是，他们却比现在人活得更加潇洒，即使整天拌嘴，却在一起几十年。因为他们经历过同甘共苦的岁月，所以他们爱情的根基更为牢固。

那代人的爱情隐晦而腼腆，虽然没有海誓山盟，但在一起的信念却和山一样坚定。那时候，没有那么多的纪念日，也没有那么多的玫瑰大餐，生活匮乏。但他们的天可以是一个依靠的肩膀，也可以是一桌回家就能吃上的热腾腾饭菜……那时候东西坏了可以换，感情坏了还能修。

可如今有过漫漫长路、互相扶持以及曾许诺"执子之手，与子偕老"的两个人，为什么走着走着就散了呢？

志军和秀芬出生于 20 世纪 50 年代，在那个经济落后、生活质量不高的年代，他们从小就认识，是很好的玩伴，两家人也是好友。那时正值新中国成立初期，掀起了一次农村建设的高潮，但是两家人没有取得太大的成效。于是，这两家人便商量着一同去城市发展，那时还不到10岁的他们，就跟随家人来到H市务工，这一待就是十几年。他们成年后都参加了工作，虽然他们渐渐适应了城市的生活，但心里却始终怀念着那个蓝天白云下，一眼望去全是麦田的家乡，还有那放学路上一路小跑哼唱歌谣的童年。

在80年代的H市，男女因为一个举手投足、一首诗朗诵、一场表彰会就对一个人怦然心动。朋友间、恋人间只能靠着书信传达自己的思念。那时候公园的长椅成了志军和秀芬坐下来说悄悄话的地方。到了适婚年龄，他们的婚事全凭双方长辈做主，一台电视机、一台洗衣机、一块手表、几套家具、几套床褥，简单地置办完彩礼与嫁妆，在亲人好友的见证下举办了小小的酒席。虽然没有婚礼上的海誓山盟，没有纪念日的鲜花玫瑰，婚后他们的日子过得虽然贫寒，但是不管多晚回家，总有一盏灯为对方而亮着，锅里总有热腾可口的饭菜。两人拥有着再平凡不过的幸福。

一年后女儿出生了，新成员的加入为这个家庭增添了更多的生气。于是，秀芬就在家里安心照顾孩子，操持家务，志军便在外做工来维持家里生计。一晃几年过去，女儿也渐渐长大，生活条件也在逐渐好转，但是夫妻二人的关系却没有从前那么和睦。曾经青梅竹马的感情、同甘共苦的爱情始终难抵生活琐事带来的困扰。每次吵完后，两人总是一副老死不相往来的架势，每个人心里都憋着一股气，都在等着对方服软。结果越拖越久，心就越来越凉。这样一来原本可以和和美美的时光，就这样悄然消逝，两个人的关系也就渐行渐远。其实，婚姻就是生活的琐事交流，两个人共同经营家庭的方式，总要有在一起处理的态度。不过，最难得的是几十年如一日的保持。聪明的人会从柴米油盐中体会生活的乐趣和意义，他们更多的却是在抱怨生活、抱怨家庭。为此，亲友们曾屡次出面劝说调解，但两人的关系并未得到改善。

1999 年 9 月，由于夫妻俩的感情确实已经破裂，无法和好，双方在长辈的组织协调下，达成离婚协议。但是，志军找到了我，让我担任其离婚代理律师。协议中约定离婚前志军应当出资为被告购买住房，房产权手续办妥后，秀芬从现住房搬出，今后女儿晓晨由她抚养，父亲志军支付抚养费等。1999 年 10 月，两人共同到当时的居委会和街道办事处打了一张婚姻不和的证明，准备去办离婚手续。

随后，志军出资向其兄长购买了坐落市区南城的住房一套，秀芬则要求志军必须先将该房产权过户至其名下，才予办理离婚手续。为此，双方发生争执，离婚手续也因此未能办妥。2001 年 1 月，鉴于婚姻确已名存实亡，双方再度签署离婚协议，协议内容基本同前。2001 年 3 月，秀芬与志军的兄长办理了房屋产权过户登记手续，并搬离了与志军共同生活多年的家。自此，双方开始分居至今，志军则一直履行每月给付抚养费和生活费的义务。

此后，志军要求秀芬共同到民政部门办理离婚登记手续，谁知秀芬的身体状况和精神状态却逐渐出现异常，后经诊断，得知秀芬因长期饮酒等原因引发了精神疾病。从此，秀芬入住当地精神病医院接受治疗，然而持续医治多年，秀芬的病症也不见好转，出院后跟随其母亲共同生活，但属于精神病患者，无民事行为能力人。女儿晓晨已成年，能够独立生活。分居期间，志军于2003年4月又购买了另一处房产坐落于市区北城房屋一套。

法院开庭审理此案，因被告秀芬的精神状况有问题依法由其母亲担任法定代理人参加诉讼，并判决准予双方离婚。同时，基于原、被告双方达成的离婚协议，以及原告在分居期间购房的事实，法院遂判令将坐落市区北城的房产归属原告志军所有，坐落市区南城的房产归属被告秀芬所有。

## » 案后结语：

关于精神病人离婚财产分割的问题，离婚的法律后果在于解除当事人双方之间的身份关系的同时，还要对共同财产进行分割精神病人的离婚案件，应充分考虑到离婚后精神病人的治疗和生活问题。《婚姻法》第四十二条规定："离婚时，如一方生活困难，另一方应从其住房等个人财产中给予适当帮助。具体办法由双方协议；协议不成时由人民法院判决。"最高人民法院关于适用《中华人民共和国婚姻法》若干问题的解释（一）第二十七条以及《婚姻法》第四十二条所称的"一方生活困难"，是指依靠个人财产和离婚时分得的财产无法维持当地基本生活水平。一方离婚后没有住处的，属于生活困难。离婚时，一方以个人财产中的住房对生活困难者，如精神病等生活难以自理的弱势一方，应进行帮助，可以是房屋的居住权或者房屋的所有权。

摄影：徐剑峰

# 第四章
# 婚外恋情的疯狂之殇

——因为爱，所以恨

"每个人的心中都有一条塞纳河，它把我们的一颗心分作两边：左岸柔软，右岸冷硬；左岸感性，右岸理性；左岸住着我们的欲望、期盼、挣扎和所有的爱恨嗔怒；右岸住着这个世界的规则在我们的心里打下的烙印——左岸是梦境，右岸是生活。"

——辛夷坞《山月不知心底事》

婚姻如同一条河，左岸是法律，右岸是爱情。法律，可以保护婚姻，但却无力保鲜爱情；法律，可以制约一纸婚姻协议，但却无力制约爱情的转移。婚姻因为情感的建立而缔结，因为感情的破裂而解除。婚姻的本质，是爱的归宿，是情感的形式。爱就是你情我愿，没有道理可言。爱是心灵天平上的等量物。它不是一方给予另一方的恩赐，而是相互热诚地奉献，并随时保持着平衡的情感聚合体。

　　在爱的前提下，才有婚姻中的规范、义务、责任。如果失去了爱，婚姻的基石也将崩塌。这也是《婚姻法》通篇中唯一一处规定与爱有关的条款，即"如感情确已破裂，应准予离婚"的意义所在。

　　很多离婚案件的夫妻双方，婚前感情笃定，然而婚后却忽视了互爱的发展和情感的营造，将爱误解为依赖、服从、占有、控制、放任……而于不期然中使婚姻悄悄滋生了危机，从而导致婚外情婚外恋的频频发生。从这个本质上来说，夫妻双方或一方在婚姻生活中失却了爱情，失掉了情感的维系，不论其原因多么复杂多样，都将令双方承受着痛苦的煎熬，这时的婚姻也就只有剩下法定的权利和义务，讽刺性地印证了"婚姻是爱情的坟墓"。

　　爱情，不会因为婚姻的法定形式而长期不变地活着；婚姻，却只能因长期不变的爱情而活着。这个长期不变的爱，并不因婚前的炙热转变为婚后的平淡而相矛盾。爱的真谛，在于婚前，是两个人相互对望，婚后是两个人望向同一个方向；是在情感上，从相互需要转化为融合、默契和包容。

　　爱，才是婚姻的前提和保障。

# 假妻子的荒唐骗局

在这起婚姻案件中，一次征地拆迁，丈夫福刚为侵吞夫妻共同财产，不择手段，甚至伪造证件、找人假扮妻子，公然挑衅法律的权威。所幸在妻子春珍的努力下，这场骗局终被揭穿，并用法律武器维护了自己的合法权益。从这个案例当中折射出来的有关婚姻和人性的问题，引人深思。

春珍带着满面风霜找到我的时候，似乎还带着对福刚的愤愤不平。她絮絮叨叨地向我诉说着她的遭遇。春珍出生在城市近郊的一个县城中，她年轻时的那个年代，吃饱饭是一个重大的事。兄弟姐妹众多，爹不疼娘不爱的她，懵懵懂懂二十出头的年纪，便被父母作主嫁给福刚。婚后，也过了一段甜蜜的日子，但好景不长，福刚因为没有工作，整日游手好闲，屡屡与春珍争吵，但春珍一直认为夫妻过日子磕磕碰碰在所难免。哪对夫妻不吵架，日子总是要过的啊！没过多久，春珍就怀孕了。

怀着对新生命的喜悦，春珍对于婚姻生活的不如意渐渐看开了。可是，在她心系孩子的时候，偶然间发现福刚与邻县某金姓女子举止亲密，甚至毫不避讳在公共场所言

第四章 婚外恋情的疯狂之殇

行轻佻，这对保守而传统的春珍来说，无异如一个晴天霹雳。怒不可遏的春珍与福刚爆发出激烈的争吵。福刚拒不承认与金姓女子的交往，并且辩解是别人捕风捉影。春珍对于福刚的无可奈何助长了福刚的嚣张气焰，福刚开始夜不归宿，整日整日地见不到人。

春珍家人的不管不问更令春珍备感生活的苦闷，尤其在向家人诉说福刚的种种所作所为时，只得到家人的白眼与一句"自己男人也管不好"的回应。母亲还偷偷地安慰她说夫妻都是这么过来的。之后，春珍就知道自己只能坚强地活着。孩子生下来之后，家里已经没有稳定的经济来源，福刚与春珍常常就一些琐事争吵，感情越来越淡薄，两人渐渐形同陌路。春珍只得将孩子托付给母亲照料，自己一个人艰辛地打工挣钱，独自抚养着孩子。福刚偶尔几次回家，但不是找春珍索要钱财就是与春珍争吵。2004年，福刚在一次激烈的争吵后离家出走，居住在外。此后长达5年，福刚一直没有回到家中。

2009年，村里开始征地拆迁，福刚回到了家中。一家人按照政策共安置了四套房屋，并办领了土地证和房产证，生活也一下子变得富裕了起来。本以为有了足够的物质基础后，一家人的生活会更加幸福美满。可是，经济上的富裕不仅没有给这个家增添任何的幸福感，反而矛盾加深。福刚整日出入会所、酒店，每天不务正业、游手好闲。虽然一起过着日子，但两个人之间却变得越来越陌生。春珍在婚姻生活中备感憔悴，在儿女长大后，终于下定决心以夫妻感情破裂为由向县人民法院起诉离婚，并要求分割夫妻共有财产。然而，福刚却执意不肯离婚，最终一审法院判决驳回离婚诉请。春珍无奈之下又向中级人民法院提出了上诉请求。在法院审理期间，春珍觉得对儿子和女儿多年来一直有亏欠，尤其是家庭的不睦令他们的童年不愉快。孩子都已经顺利长大成人，生活稳定，但是春珍依然觉得要弥补对孩子的愧疚。春珍计划着将房屋卖掉，减轻儿子的生活压力。正当春珍计划将房子卖掉的时候，与春珍相识多年的小慧告诉了她一个令人惊讶的消息，她的这套房产据说已经被人买走了。春珍大吃一惊，自己从未卖过该房屋，房子怎么可能会被别人买走了呢？

　　几经辗转，小慧说的事在房产交易中心工作人员的口中得到证实，房产交易合同就是福刚和"春珍"本人当面签字确认交易的。春珍渐渐感到事情越来越荒唐，同时心中也有一丝不祥的预感。匆匆回家后，春珍发现自己藏得严严实实的房产证不翼而飞。她迅速向儿女告知了此事，并向房产交易中心工作人员说明情况，拿出自己的身份证和户口本证明自己才是春珍。房产交易中心工作人员也为这一出离奇的事件而疑惑：两个"春珍"，究竟谁真谁假？房产交易中心表示不能仅仅靠春珍拿出的身份证和户口本证明她就是房屋所有人，也不能依靠这些，追回已经交易完成的房屋产权，但告诉了春珍一个消息："其"名下的剩下三套房产，预约了下周二上午来房产交易中心办理过户。由于房产交易需要户主本人亲自到场，那么等到下周二上午，两个春珍在一起时，孰真孰假，自然一目了然。

　　到了约定好的时间，春珍在儿女的陪同下来到房产管

107

第四章　婚外恋情的疯狂之殇

理部门，看到自己的丈夫福刚搂着陌生的女人走进房产交易中心。她心中一片悲凉，遂上前质问福刚，旁边的陌生女人是谁。此时，房产交易中心的工作人也认出福刚旁边的女子正是交易手续上签字的"春珍"。春珍便质问福刚和她是什么关系，福刚矢口否认自己与该女子的关系。但是，春珍此时已经不再相信福刚。在房产管理部门工作人员说明冒充他人信息进行房产交易构成了对春珍女士的侵权行为，春珍有权利依照相关法律追究责任后，与福刚一同来的女子这才透露出她的真实姓名。原来她在三年前离异，与福刚相识后两人来往密切。在福刚得知自己家的老房子列入拆迁规划之后，他就已经想要想方设法得到这笔财富。在他看来，家里的老房子本是自己父母所留，自己又是一家之主，自然有权利决定房子该如何处置。同时，福刚看到别人出入高档会所、拥有豪车别墅时，觉得自己也应该过上这种挥金如土的生活。于是他便找她冒充自己的妻子，通过在相关的房产交易文件上签名，骗取房产管理部门人员的审查通过，通过欺诈的方式办理了房产交易过户手续，将房产交易获得的大量金钱用于挥霍。至此，这件离奇的事件总算是真相大白，福刚此举不但侵害了春珍的财产权益，更伤害了春珍的感情，也无可争辩地证明了其双方夫妻关系已然破裂。

春珍几经辗转来到事务所委托我受理这份案件，鉴于福刚及该假冒妻子身份的女子系以隐瞒事实、假冒他人的手段获取该房产的交易过户，其行为已构成恶意欺诈，恶意转移夫妻共同财产。故我们立即向房管部门致函提出报告，要求房管部门对进行的房产过户交易手续不予批准并对已经交易房产交易行为判定无效，予以撤销。在二审法院的审理期间，面对确凿的证据，福刚自知理亏，终于同意将其余未过户的财产全部归春珍所有。春珍至此得到维护和保障了其合法权益。

## » 案后结语：

1. 关于夫妻离婚期间转移共同财产的认定。在一个法治社会，夫妻双方财产为夫妻共同所有，任意一方恶意转移财产都是对法津的藐视。无论从现实还是从各国的立法实践来看，对私自转移夫妻共同财产的行为都应予以制止。根据我国《婚姻法》第四十七条之规定："离婚时，一方隐藏、转移、变卖、毁损夫妻共同财产，或伪造债务企图侵占另一方财产的，分割夫妻共同财产时，对隐藏、转移、变卖、毁损夫妻共同财产或伪造债务的一方，可以少分或不分。离婚后，另一方发现有上述行为的，可以向人民法院提起诉讼，请求再次分割夫妻共同财产。"人民法院对前款规定的妨害民事诉讼的行为，依照民事诉讼法的规定予以制裁。这里的"制裁"形式包括：训诫、罚款或拘留等。这条法规，无疑是给正办理离婚手续的弱势一方的财产权利最好的保护，也给私自转移财产的一方沉重的打击。可见，离婚时转移夫妻共同财产的法津后果是严重的。对此，在遭遇一方转移财产后不能以非法对非法，即不能强行抢回这些物品，而应当及时向法院反映情况，经法院查证属实后，可以对转移财产进行分割。

第四章　婚外恋情的疯狂之殇

2. 对夫妻感情确已破裂的认定。两个相爱的人能走上婚姻的殿堂，就是爱情最大的收获，即使感情破裂了，仍然需要理性对待纠纷。我国《婚姻法》第三十二条第二款规定："在审理离婚案件时，应当进行调解；如果调解无效，应予以离婚。"离婚的前提是夫妻双方感情确已破裂，如果感情完全破裂，不能维持，没有有和好的可能，即使调解无效，也可以准以离婚。判定夫妻感情确已破裂的方法有：（1）看婚姻基础；（2）看婚后感情；（3）看离婚原因；（4）看有无和好的可能。另外，对于夫妻双方已"分居已达两年以上的，可以认定夫妻感情确已破裂"。本案中，春珍和福刚分居五年，已经达到离婚之法定条件。

# 千万财物赠情人，原配怒诉全追回

爱情可以是一个人的事。爱情的真谛是付出，不问价格，不理回馈，无怨无悔。但婚姻却一定是两个人的事。婚姻的真谛是平衡，你的情，我的爱，你的意愿和我的要求，犹如走钢丝，一不留神就可能掉下万丈深渊，万劫不复。在这个交友软件盛行、小三小四横飞的"速食爱情"年代，人们心底那份对于忠贞爱情的憧憬与期待，沉睡已久。在现代人眼中，爱情就像蜂蜜，让人沉浸其中无法自拔，而婚姻犹如一杯白开水，寡而无味。但随着岁月的更迭、时光的流逝，出轨则就成了婚姻里最强的那一剂毒药。

本案的当事人阿瑜和阿豪是一对患难与共的夫妻，从年少走到婚姻殿堂的他们本应该尽享婚姻的恩爱与甜蜜，但终究还是低估了人性。

一路上，她的车开得飞快，脸色黑得不知道在想什么，但表情却时刻流露着悲痛。车里的空气寂静且压抑，巨大的压抑倒使她的头脑清醒了许多，车子终于在江边停了下来。静静地坐在车里，她忍不住问自己，离婚还是当什么都没有发生过，继续这段虚情假意的婚姻？但这两种她似

第四章　婚外恋情的疯狂之殇

乎都做不到，想到这里她的心隐隐作痛。从相识到结婚已经足足七年，而这七年来她尽心尽力照顾着、爱着的人，却是伤她最深的人。从此以后，还能相信谁？

爱情到底是个什么？深爱着的时候，以为爱情的模样就是彼此会永远好下去，不离不弃、一生一世、天荒地老、海枯石烂。直至意想不到的变卦、出轨、背叛，残酷地出现面前，令人措手不及，心痛不已。

说起阿瑜和阿豪，在很多人眼中他们是郎才女貌，天造地设的一对。他们有过难忘的青葱岁月，同甘共苦曾是他们爱情最美的样子。那一年，他们刚过20，爱情对于两人来说不是牵绊，是彼此拼搏的动力。家境还算殷实的阿豪和阿瑜，毕业后在双方家人的赞助下，合伙开了一家建材装饰店，除了倚仗家人的生意人脉外，凭着两人精明的生意头脑和吃苦能干的品质总算在同行业中闯出了自己的一片天地。短短五年时间，他们的生意越做越大，前后开了几家分店，还成立了自己的公司。在这过程中，阿瑜和阿豪虽经历过生意上的失败与迷茫，但最终在两人的同心协力下打造出属于自己的建材装饰品牌，积累了丰富的资产，可谓是今时不同往日。两人也因此修成正果，喜结良缘，在双方家人的共同见证下，登记成为合法夫妻。

阿瑜一直以为，人生的悲哀就是没有钱，只要有了钱，就有了快乐和安全。现在他们有了钱，有了地位，有了房子，有了车，有了家庭，但是也有了凡人俗事的困扰。岁月山长水远，他们各自奔忙，转眼多少个春秋一晃而过，他们也渐渐成了一对将就着过着日子的夫妻，平凡晦涩，勺子碰锅沿，吵吵闹闹。阿豪在一次出差过程中，遇见了小薇。两人年龄相差悬殊，一个是事业有成的男人，一个是年轻貌美的女子，即使如此，在生命渴望充满刺激与诱惑下，两人竟私底下来往。小薇明知阿豪有妻室，却以情人的身份与之同居生活。在往后的一年里，小薇以各种借口向阿豪要钱，一次比一次要得多，但是为了防止两人事情败露，阿豪迫于无奈之下多次通过其个人银行账户向小薇汇款转账，合计下来有 860 万元，再加上为小薇购买的豪车与名表，总价值超过了 1000 万元。

　　曾经的恋人为了美好的誓言而牵手一生，又在爱情的城堡坍塌后劳燕分飞，这个过程里或许有无奈，但很多时候都是有必然因素的。阿瑜从丈夫平时的行为中察觉出了一些端倪，通过查询阿豪个人账户的流水账后，她大吃一惊。十几张的账单，每一笔消费都是很大的数额，她不忍再看下去，似乎这已经向她说明了一些。回到家后阿瑜就质问阿豪，逼问下阿豪承认了自己与小薇之间的事，并恳求妻子的原谅。一想到阿豪将两人辛苦打拼下来的财产毫无顾忌地拱手赠予情人，阿瑜既心痛又懊悔。可是世上千金难买后悔药，考虑到家庭和事业，阿瑜还是打消了离婚的念头，但是这件事已经给她留下了难以愈合的伤痛和阴影。

　　"只要你心中有爱与责任，那么无论你是身体出轨还是精神出轨，你都应想想跟你一起经风沐雨的她在你生命里的意义。你就要为自己的错事感到羞愧，就要及时地悬崖勒马，迷途知返，这样才能用接下来的日子来尽力弥补曾经的过错。"阿豪在亲友的劝导下渐渐领悟了自己的过错。

第四章 婚外恋情的疯狂之殇

此后，夫妻两人找到小薇，要求返还此前阿豪赠予的所有财物，不料却遭到了小薇的拒绝。争论无果后，夫妻俩遂向法院起诉要求小薇返还全部财物，阿瑜委托我担任代理人。

案件审理中，小薇辩称：阿豪赠予的款项中含有阿豪个人的婚前财产，这部分财产已经赠予交付，阿豪无权要求返还，即使其中存在着夫妻的共同财产，阿豪也有权处理属于自己的财产。并且两人的暧昧关系早在一年前就被阿瑜发现了，但夫妻两人的感情不和，曾多次商议离婚，阿瑜对此事也是视而不见，所以阿瑜亦已无权要求返还。

阿豪和阿瑜则通过举证，证明赠予的财产系夫妻共有财产，阿瑜从未同意向"小三"赠予财物。法院经审理认为，阿豪的汇款行为发生在两原告夫妻关系存续期间，阿豪在案件审理中亦确认所汇款项为两原告的夫妻共同财产，小薇并未举证证明阿豪的汇款系与阿瑜无关的个人财产，故阿豪支付给小薇的款项应视为两原告的夫妻共同财产。阿豪单方在未经另一方同意的情况下，将巨额夫妻共同财产赠予被告，超出日常生活需要对夫妻共同财产进行处分，是一种无权处分行为，阿豪对小薇的赠与行为应属无效。遂法院判决全额财物（总价值约 1050 万元）由小薇返还给阿豪和阿瑜。

一审判决后，小薇不服，上诉至二审法院。二审法院经审理，认为：夫妻共同财产制属于共同所有，在夫妻关系存续期间，财产没有份额的区分，夫妻对全部共同财产不分份额地共同享有所有权。阿豪向小薇的汇款属于非因日常生活需要对夫妻共同财产所做的重要处理，事前既未征得阿瑜的同意，事后亦未得到其追认，故阿豪对该部分夫妻共同财产的赠予处分行为无效。因此，小薇的上诉请求不能成立，依法应予驳回。一审法院认定事实清楚，适用法律正确，判决结果予以维持一审原判。

## » 案后结语：

1. 夫妻共同财产。夫妻在婚姻关系存续期间所得的财产，一般归夫妻共同所有；夫妻可以约定婚姻关系存续期间所得的财产以及婚前财产归各自所有、共同所有或部分各自所有、部分共同所有。夫妻对共同财产形成共同共有，而非按份共有。在婚姻关系存续期间，夫妻共同财产应作为一个不可分割的整体，夫妻对全部共同财产不分份额地共同享有所有权，夫妻双方无法对共同财产划分个人份额，在没有重大理由时也无权于共有期间请求分割共同财产。夫妻一方未经另一方同意，将巨额款项赠予第三者，属于无权处分，该赠予行为应属全部无效，第三者应当予以返还。

2. "小三"事件引发的思考。爱情会让人盲目，但是不该失去底线。每个女孩都该有的底线就是：自爱，然后爱人。努力争取爱情不是丑态，全身心投入爱情也不是丑态，但失去自我的情感依附就会滋生恶果。学会自爱，才能理性爱人。自爱的女人有原则，不会让爱情动摇自己的道德底线；自爱的女人也有智慧，不会让爱情把自己变成愚蠢的第三者，懂得在错误中及时抽身；自爱的女人也有能力，理清自己的生活，重新再来。

# "艳照门"背后的办公室畸恋

　　婚姻对于每个人来说都充满美好、圆满的想象。两个寂寞的人在适合的环境中走到一起，又无奈地发现彼此的神秘面纱后的缺点，激情慢慢退却，渐渐压抑了内心情感，使其恢复了往日的平静。当美丽经不起现实的磨砺，当期待都如肥皂泡般在风中破裂，人生便只剩下平平淡淡的现实。生命渴望的新鲜事物、现代都市人的婚外恋情都与婚姻等许多看似美好的事物一样，美丽、多彩，却脆弱、短暂。在像肥皂般绮丽，烟花般绚烂之后，重新归于平淡、归于庸常。

　　本案的原告欣妍与被告奕辰，曾经是相爱的恋人，现如今却对簿公堂。面对丈夫的出轨、家暴，那无数美好的时光、无数美妙的瞬间，却变成了令人备感折磨的回忆。面对冷冰冰的房子和支离破碎的婚姻，陷入人生的低谷的她，又将何去何从？

　　这一刻，曾经承受过的所有委屈与心酸，都将化成泪水，随着阳光的照耀消失在迷人、诱惑的世界里。在她做下离婚决定的时候，仿佛失去了世界，但是哀莫大于心死，与其艰难地维持这段不再属于她的婚姻，倒不如一刀两断，从此天涯相遇你我便是路人。

　　从小生活在书香家庭里的欣妍，父母都是中学教师，在这样一个被文学气息笼罩下的小家庭，充满幸福、和睦。被视为掌上明珠的欣妍，在父母的精心栽培下，养成了知书达理、乐观开朗的性格。渐渐长大的她，和大多女孩一样都梦想着成为童话中的白雪公主，等待着命中注定的白马王子的出现，从此过上幸福的生活。但现实终究不是童话世界，生活也不过是柴米油盐酱醋茶，每个人各取所需，各有所好，各自有各自的活法。

　　那年欣妍 21 岁，国内名牌大学语言学毕业，初入社会的她，是一个刚从象牙塔中走出来的懵懂女孩，天真、活泼，对眼前一切新鲜事物都充满着好奇。她清楚地记得，那是毕业后的第一个圣诞节，一个被祝福与浪漫所围绕的梦幻节日。在朋友的聚会上她认识了奕辰，仿佛此时正好应验了她对爱情的所有美好幻想——那个骑着白马、风尘仆仆的王子为她赶来了。就在一刹那间，爱情的种子在她心底深深埋下。爱情来的时候就像一场龙卷风，如果不将它紧紧握在手中，可能幸福就会从此离自己而去。在欣妍主动表达了心意后，奕辰也对眼前这个温顺、可爱的女孩心生爱怜。于是，两人很快便陷入爱河。而此时的奕辰已经为人丈夫，为人父亲，却对欣妍刻意隐瞒事实，闭口不提，且继续与欣妍保持恋爱关系。之后的一切便顺其自然地发生，欣妍怀孕了。

　　纸终究包不住火，该来的总会来，欣妍在怀孕期间，

第四章　婚外恋情的疯狂之殇

意外得知奕辰已有家室。这个消息对她来说犹如晴天霹雳，顿时，大脑一片空白。一时难以接受事实的欣妍，精神上饱受痛苦，并打算与奕辰分手。奕辰为了极力挽留欣妍，便称自己与妻子的感情长期不和，婚姻难以持续下去，现在已经协商着离婚，希望欣妍能给他时间，和妻子办完离婚手续两人便结婚。面对自己深爱的男人，欣妍情缘难断，考虑到自己怀有身孕的事实，不想今后孩子出生就没有父亲，更不想让自己与孩子身处舆论的压力之下，她最终还是选择了原谅奕辰，并表示愿意等待他前来明媒正娶，组建婚姻家庭。

2005 年正月，奕辰与前妻协议离婚，由于考虑到孩子未来的入学学区房的问题，法院将孩子判由他抚养。之后孩子便一直是由奕辰的母亲照顾抚育。奕辰离婚后，打算重整自己的事业，在朋友的建议下决定去 I 市做生意。此时已怀有 8 个月身孕的欣妍跟随奕辰一同前往 I 市。不久后，欣妍顺利产下一男婴，取名旺仔。两人于同年 5 月份返回 W 市，为了照顾旺仔，欣妍便搬入奕辰家中居住，从此两人就生活在一起，但一直都没有办理结婚登记手续。

为了真爱历尽千辛万苦走到一起的两个人，开始新的生活，但曾经以激情维持的爱情始终难过婚姻生活中琐事一关，注定一切都将归于平淡。在往后二人共同生活期间，由于思想观念与性格差异，会经常因为家庭的一些琐事而发生口角。因为奕辰没有固定的经济收入，难以长期维持家里的全部开销，欣妍不忍再让奕辰独自肩负家庭的重担，便决定出去工作，孩子则交由婆婆暂时看管。这段婚姻未获得任何的体谅与尊重，让他们深深感到身心俱疲，心力交瘁。而欣妍，作为无名无分的"妻子""儿媳"，更是承受了难以言喻的无奈与折磨，心理上也是极度的悲怆隐忍。此时，欣妍最需要的就是能够得到奕辰的抚慰与疏导，给她信心与信念，共同走出这段艰难的时光。但最终等来的却是奕辰的不理解与敷衍，随后两人的感情严重恶化。不久后，欣妍意外发现奕辰与女同事发生办公室恋情。欣妍难以忍受丈夫的出轨，一气之下便与奕辰争论起来，让她万万没有想到的，却是迎面而来的谩骂与讥讽。两人之间完全没了曾经热恋的模样，这让欣妍感到极为心寒。

曾经的山盟海誓、甜言蜜语已随着阵阵寒风消失得无影无踪，回过头来才发现，自己一直认为的"真爱"不过就是别人的备胎和婚后小甜点而已。几个月后，欣妍与奕辰再次发生激烈的争吵，奕辰一怒之下将欣妍推倒在地，拳脚相向，以致欣妍腰部受伤。欣妍经历此事之后，再也无法原谅奕辰的所作所为，便带着年幼的儿子搬至娘家居住至今。在这期间，两人不仅没能和解，反而争吵不断，导致感情的彻底破裂。此后，奕辰再也没有主动联系过欣妍，对儿子更是不闻不问，欣妍越想越气，便以儿子的名义向奕辰索要生活费，没想到却引来了奕辰的强烈不满，奕辰非但没有支付孩子的抚养费，更是以暴力的手段驱赶他们。

伤心欲绝的欣妍找到了我，并委托我担任其代理人，提出起诉。在诉讼过程中，奕辰为了泄私愤及要挟欣妍，竟私自刻录涉及夫妻生活隐私的视频光盘予以散布传播，并借此恶意诽谤欣妍与他人有不正当关系。欣妍得知情况

第四章　婚外恋情的疯狂之殇

后，精神上受到很大的打击，随即立刻报警，请求法律的援助，警方经调查后，并获取充足证据以侵犯他人隐私之名，对奕辰处以治安拘留 7 日的行政处罚。此事还被媒体化名曝光为"艳照门"。因此，奕辰的行为对原告的精神、情绪、心理、情感带来巨大的伤害。经奕辰申请，法庭采取不公开开庭进行审理。经审理，法庭最终判决支持了欣妍提出的包括子女抚养、财产分割、家庭暴力过错赔偿等一系列诉请。

**» 案后结语：**

本案涉及的是一场非婚关系的解除案例，由于原告与被告并未成立合法的婚姻关系，按照法津规定，这种同居关系非法且应当解除。

1. 由婚外情现象引发的对婚姻的思考。爱一个人本身没错，只是如果爱的时间和时机不对，则会酿成悲剧。

婚姻，是双方全人的合一。二人一生一世愿与对方完全地分享自己的整个人。虽然表面上看起来是简单的两个人结合，但本质上却十分复杂。因为家庭背景、文化程度、思想、阅历、三观、金钱等因素，导致婚姻的幸福指数也大相泾庭。婚外情，一开始就伴随着伤害，如果能够早一点智慧地想一想它的结局，也许人世间的许多悲剧都可以避免。

2. 关于侵犯隐私权的行为认定。在我国，隐私权是指自然人享有的对自己的个人秘密和个人私生活进行保密并排除他人干涉的人格权。2010 年 7 月 1 日施行的《侵权责任法》第二条也明确规定，将隐私权作为权利保护的客体。综上可以看出，隐私权是受法津保护的公民的一项基本权利，是对隐私的保护。案件中奕辰为了泄愤与要挟，竟将私自刻录涉及夫妻生活隐私的视频光盘予以散布传播，并借此恶意诽谤欣妍与他人有不正当关系。这种行为已经严重侵犯到对方的隐私权且构成恶意诽谤的犯罪行为，应当受到法津的严厉制裁。

第四章　婚外恋情的疯狂之殇

# 全职太太的婚姻保卫战

生活中有不少的小女生，都幻想着在未来能够遇到疼爱自己的伴侣，然后过上享受宠爱的全职贵太太生活。

对于婚姻内的全职太太而言，最大的威胁不仅仅是来自围城外面的那些小三小四的诱惑和侵犯，更重要的是围城内的夫妻间的长久积聚的矛盾、冷战。"结婚是什么，不就是人生不易，要找一个队友，同舟共济吗？"但是谁能确保夫妻之间一辈子同舟共济，如果哪一天婚姻失衡，婚变危机一触即发。

此刻佳瑜静静地坐在电视机前看着《喜剧之王》，周星驰对张柏芝说了一句："我养你啊。"画面便定格在此处，这时的她哭得稀里哗啦。"我养你啊"，对她来说曾是多么甜蜜的一句情话，但是，这句话现在却成了世界上最毒的情话。作为一名全职太太，她面对丈夫的出轨，却无法痛快地离开，只因为当初应了那句"我养你"。不过现在想来，对于曾经这份羡煞旁人的爱情来说，是多么大的讽刺。

年少的时候，谁又何尝不曾暗暗期盼过，会有一个人驾着七彩祥云出现，豪迈地对自己说出那句"我养你啊"。

和所有小女生一样，佳瑜从小到大就一直坚信在未来的某一天，一个万众瞩目的时刻，她命中的王子终会出现。而在这个漫长的过程中，她所需要做的就是经营好自己，然后安静地等待。所以在佳瑜的成长道路上，没有经历过太多的波澜。她习惯了安于现状的生活。

时间如白驹过隙，曾经那个抱着洋娃娃在花田间玩耍的小女孩，眨眼间就出落成亭亭玉立的花季少女。在 18 岁时，她成功考上了心仪的大学。曾有人说，没有恋爱的大学是不完整的。爱情对于这个年龄的佳瑜来说，成了不辜负年华与光阴的美好愿景。一次校园邂逅，佳瑜认识了刚从体育场回来的奕轩，一开始两人都不敢随意地吐露自己的心声，就怕得到失落的回应。不过，好在两人最终走到了一起。他们刚开始谈恋爱的时候，奕轩对佳瑜几乎是无微不至地照顾与宠爱着，于是佳瑜的男朋友奕轩就成了集体羡慕的模范男友。看到她幸福洋溢的模样，可能一辈子都不会想到，奕轩亲口承诺的"我养你啊"的誓言，会成为她今后无法释怀的伤疤。

最好的爱情，应该是灵魂的门当户对，是彼此成长彼此成就。她是他奋斗的动力，他是她学习的榜样，对于佳瑜和奕轩来说，这段爱情给彼此带来了最大的成长。大学毕业后，两人因为学历与单位的优势被作为引进人才落户到了 X 市。在一个人才济济的大城市，他们不断地拼搏努力，奕轩终于成立了自己的贸易公司，生物系毕业的佳瑜进了一家业内知名食品企业。两人不再是大城市漂泊的一族，在这里他们买了新房子，买了新车，举办了盛大的婚礼。

第四章 婚外恋情的疯狂之殇

组建了家庭后，奕轩一门心思投入到公司经营上，经常起早贪黑，随着公司步入正轨，生意也是越做越大，辛苦的付出最终收获了成功。佳瑜为了支持丈夫的事业，果断地放弃了高薪的工作，专心在家相夫教子，还经常回老家照顾双方的父母。家庭的一切琐事均由佳瑜默默承担着。

随着时间的推移，他们的二人世界已经渐行渐远，似乎只有在夜幕降临、行将睡去之前，才有片刻的相遇和交流，不仅短暂，还是那么敷衍。佳瑜会时不时地抱怨家里的烦心事，而在丈夫奕轩的眼里，那些只不过是洗衣做饭带小孩的小事，对于他常年工作赚钱来说根本不值一提。所以他不仅没有耐心安慰与体谅佳瑜，反而对妻子的态度越来越冷淡，稍有不顺气的地方就拿佳瑜出气。更可怕的是，每当佳瑜要与他争论的时候，对方总是会说，你吃我的，用我的，你有什么资格顶嘴。这句话往往让佳瑜哑口无言，但背后却是无尽的心酸。曾经她以为自己可以幸福一辈子，结果却还是敌不过时间的摧残。奕轩忘了自己曾信誓旦旦地说过"你负责美貌如花就好，我养你"，忘了她为什么无怨无悔地从小女孩蜕变成大女人，忘了她也舍弃了最原始的梦想，甘心归于家庭，全心全意地伺候孩子和他。偌大的屋子，除了已经睡着的孩子，就剩下她自己一人。此时她望着窗外霓虹灯下蜿蜒的街道、朦胧温暖的灯光、安静温馨的居酒屋……来到这座城市时带着满心欢喜的愿景，如今只剩下一片寂凉、荒芜的心田。

这一天是大女儿的生日，佳瑜一早就将家庭晚宴备好，并经过一番梳妆打扮让自己看起来没那么憔悴。她期待借此机会和丈夫奕轩和好如初。不料却发现丈夫私人手机上的暧昧短信，经过追查后，丈夫奕轩的办公室恋情最终败露。这一刻，她就像从电视剧中走出来的真实的"罗子君"，那个被爱你一辈子，养你一辈子糊弄得团团转的全职太太。曾看过太多的出轨情人，小三上位的故事，她都只是一笑而过，却没料想这样的故事居然也会降临到自己身上。对于全职太太而言，丈夫的出轨就等于自己的天塌了下来，即使愤怒、痛苦，却始终都难以离开对方。虽然事后奕轩痛心悔过，想尽力挽回佳瑜，并希望能够给他重新开始的机会，但是身陷困扰的佳瑜还是找到了我，希望我能够给她一点建议。

通过梳理案件的全部过程后，考虑到保证书与协议书的效力难以确保，所以我们最终给出的建议是：佳瑜作为全职太太，更应该采取一些措施来保障婚内共同资产的个人权益，因此就需要为自己配置一份人身保险，比如说年金险。我们建议佳瑜将投保人设置为丈夫，妻子作为生存金受益人，子女作为身故金受益人。

根据我国相关法律规定，如果投保人和被保人是同一人，离婚时，保单将作为夫妻共同财产分割。这是为了避免出现一方在婚内转移共同财产的行为。

所以，我们在设计保单时，为了保障女性的婚姻资产，我们要进行夫妻互保的保单框架设计。这种情形下，很多法院将作为赠予不予分割。如果在离婚时，投保人要退保，首先就要告知被保人和受益人，同时，如果被保人从离婚夫妻共同财产中支付保单的一半对价给投保人的，则保单

第四章　婚外恋情的疯狂之殇

继续有效。因此在我们的提议下，佳瑜和丈夫奕轩协商后决定为佳瑜办理人身保险，为今后的婚姻保驾护航。

## » 案后结语：

1.关于婚姻里全职太太引发的思考。要知道，除了当一个好太太好妈妈外，也可以是一个很好的社会人。所以把自己的全部重心都放在老公一个人身上，婚姻家庭确实很重要，但所有的安全感与幸福感，都是自己给的，在全身心爱他之前，请先学会爱你自己。你的世界里不只有他，还有一个色彩斑斓的人生。不然，你执意前半生做个巨婴，那后半生，多半也只能是个摆设。不然，你失去的不只是经济收入和社交生活，还有一个活生生的自己。

2.婚姻里的人身保险。据2016年最高人民法院第八次全国法院民事商事审判工作会议（民事部分）纪要，"婚姻关系存续期间以夫妻共同财产投保，投保人和被保险人同为夫妻一方，离婚时处于保险期内，投保人不愿意继续投保的，保险人退还的保险单现金价值部分应按照夫妻共同财产处理；离婚时投保人选择继续投保的，投保人应当支付保险单现金价值的一半给另一方。"另外一种情况就是"投保人解除合同时，应当通知被保险人和受益人。被保险人、受益人或经被保险人同意的其他人向投保人支付相当于保单现金价值的款项后，要求承受投保人的合同地位的，人民法院应予支持"。因此，人身保险在保障女性资产方面的功能：（1）婚后长期稳定的现金流返还和养老保障。（2）应对婚变危机时，保单是一种看得见、摸得着的婚姻资产。

很多女性朋友离婚时，不是分不到财产，而是不知道财产在哪里，但是保单是一份最清楚的财产。（3）通过组合拳形式，把年金险＋意外险＋重疾险等有人身属性的保险套餐绑定，可以更能确保保单归属为个人财产。

第四章 婚外恋情的疯狂之殇

摄影：徐剑峰

# 第五章
# 子女婚嫁的爱与哀愁

## ——何处安放父母心

白月光菊向飞蛾绽开花瓣

薄雾从海面上慢慢地爬来

一只白色的巨鸟——羽毛似雪的枭

从白桤树枝梢上悄悄飞下

爱啊，你手中捧着的花朵

比海面上的薄雾更洁白

难道你没有鲜艳的热带花朵——

紫色的生命，给我吗？

——［英国］托马斯·斯特恩斯·艾略特《歌》

（裘小龙译）

婚姻，需要爱情做基石，忠贞去播种，用心去灌溉，拿一生的执着去好好地看守。有些人，禁不起外面的声色之诱、名利之惑，不惜牺牲自己的初衷，与一些人风花雪月，红杏出墙，过着灯红酒绿、醉生梦死的生活，最后弄得婚姻破裂、妻离子散或者夫弃家毁的下场。没有责任、道德和缺乏勇气的婚姻，一定是一个悲哀的婚姻。对婚姻不负责任的做法，都是不厚道的，更是不道德的。同时，感觉不到甜蜜和辛酸的婚姻，那也顶多只是一场爱情的盛宴。婚姻中，爱可以用不同的方式来表达，让对方知道你珍惜他的存在。好比，用话语告诉对方你感激他为你做某些事；或是在意见不同时，尊重对方的看法、接纳对方的缺点或优点。爱有不同的层面，就像闪烁的钻石一般。

　　现在的中国家庭大多都是独生子女，集万千宠爱于一身，他们辛勤付出、倾尽全力，只愿儿女能够生活得更好一些，他们一直是我们可以依靠的避风港湾。和天下所有的父母亲一样，子女的婚姻大事是他们愿意终身操劳的事业。巨额嫁妆与财富传承就成为他们表达婚姻祝福的方式。未来的一切都是一个未知数，尽管你满怀期待着与那个人携手到老，但终究难以获得圆满的结局。一旦婚姻遭遇危机，不仅是情感上的挫伤，伴随而来的更是财产上的巨额损失。为此父母有必要采取一些保障措施，将损失降到最低，不过婚姻不易，相爱太难，珍惜眼下才最重要。

# 退婚，请把彩礼还给我

订婚又称"文定"，昔称"纳吉"及"纳徵"，订婚虽然不像结婚般繁复，但传统习俗仍非常重视。作为民间习俗，彩礼制度历史悠久，成为缔结婚约时必备的民间礼俗。近年来，随着人们生活水平的提高、彩礼数额的增加，男女双方因订婚后退婚，要求返还彩礼的纠纷也日益增多。明烨和佳馨本是一对才子佳人，即将走入婚姻殿堂，却因为突然解除婚约而闹得不可开交。

我国的婚姻法对订婚到退婚的彩礼钱归属问题已有了明确规定，明烨和佳馨只存在订婚关系，当事人需要提供充足的证明方可要求对方返还彩礼。但是在实际案件处理中，当事人往往会因为拿不出曾经送彩礼的证据而败诉，那么订婚后再悔婚，彩礼钱能否要回呢？

明烨是一个地道的东部沿海小伙子，父母亲都是典型的沿海商人，其父母亲两人白手起家，经过十多年的辗转打拼，现在拥有多家房产和灯具分店，在当地行业内也是小有名气。明烨虽然出生在一个经商家庭，但父母对他的学习却十分重视。明烨也深深明白父母的苦心，和同龄孩子相比，他少了童年应有的自由与乐趣，但换来了是他名列前茅的成绩。明烨也不负众望，无论是在学业上还是生活上都无须家人操心，并成功考上了国内名牌大学。毕业后，他顺理成章地进入父母公司，协助打理家族产业。此时的明烨事业蒸蒸日上，闲余之际国内外旅游，结识了更多志同道合的朋友，视野与经验也在不断丰富。

27 岁时的明烨，一表人才、年轻有为，无疑成为大多数年轻女性心中理想的伴侣，且他身边也不缺年轻貌美的女孩。但，一心扑在工作的他很少注重感情之事，母亲看在眼里急在心里，于是便为他四处物色年轻女孩，安排各种相亲对象。崇尚自由恋爱的明烨对母亲的行为虽很反感，但也只能听之顺之。无数次的相亲犹如狂轰滥炸的飞机，呼啸着而来，又呼啸着而去，明烨对此感到深深的疲倦。某天他突然回过头来才发现，当初追在自己后面跑着的女孩子都有了新的伴，身边很多同学开始步入婚姻殿堂，甚至当初不如自己的男同学现在也结了婚，女孩条件也都不错。他面对着自己冰冷的房子，渐渐开始动摇，最终在媒人的介绍下认识了留学回国的佳馨。明烨被身边这个活泼、爱笑的女孩深深吸引。这个世界上每一对真心真意的相爱都不容易，谁不是翻山越岭一个个爱过来，找过来，才在最后一刻遇到那个命中注定的呢！

两人交谈甚欢后相互留下了联系方式。世界就是如此奇妙，莫名的一条线就可以把两个不认识的人牵扯在一起。与佳馨的这份缘，让明烨寂寞的心空从此有了相依相守的温暖，让他情感的世界有了相伴相随的芳菲。为了把握住这段难得的心动与缘分，明烨决定鼓起勇气去追求自己的幸福。一旦工作有空闲，明烨就会约佳馨出来吃饭、看电影、逛街，寻常得就和每一对情侣一样。之后，两人便确定了恋爱关系。明烨的父母对佳馨十分满意，热情地邀请她来家里做客，其乐融融的气氛让佳馨感到莫名的温暖。一年后，在佳馨生日那天，明烨精心策划了一场浪漫的求婚，并获得了圆满的结果，明烨父母二人心中的石头总算落地了。

按照当地的订婚习俗，双方父母须见面协商订婚事宜和男方的聘礼数额，经过两方家人共同商定后决定，也就是国庆节为这对新人举办订婚仪式。在给女方的彩礼上，男方家一出手就是68万元礼金，给女方买的金银首饰如耳环、手镯、项链、钻戒都在10万以上，喜糖、手表更是样样不少，再加上红包与酒席足足花费了130万。订婚宴举办得盛大、壮观。在婚宴上，双方家庭的亲友们齐聚一堂，送上真诚的祝福，见证了这神圣浪漫的时刻。

订婚后两个月里，明烨埋头于工作，与佳馨的关系渐渐疏远，明烨也意识到自己忽视了未婚妻的感受，便想方设法地制造浪漫，只为了让佳馨开心。但一次偶然的机会，他却看到了佳馨与前男友的微信聊天记录，两人言语亲密暧昧。他万万没想到，眼前这个乖巧、温顺的女孩，背后却对他用情不专。在爱情里没有谁对谁错，只有谁不够珍惜谁。明烨对佳馨的所作所为感到非常失望，心痛至极。虽然他不愿相信这一切，但事实却摆在眼前，他再也无法保持冷静，随后两人发生了激烈的争吵，闹得不欢而散。

回到家后，佳馨回想起所发生的一切，心中难免有各种不安，心想既然明烨已经知道了她和前男友的事情，就不想再拖下去，更不想再去隐瞒自己真实的感情，虽然她很不愿去伤害了明烨，但缘深缘浅，相逢也会有离别。既然选择去爱别人，那么离别就成了他们之间不可避免的宿命。隔天，佳馨便向父母提出了要和明烨解除婚约的决定，她不想再怀着一份不安和愧疚和明烨生活。她自始至终喜欢的人是前男友小许，想和他重新开始。虽然佳馨父母并不赞同女儿的做法，但是天底下有哪个父母不想自己的孩子幸福、快乐呢，他们只能答应和明烨家商量解约。几天后，女方家长亲自去明烨家欲提出和平分手解约，却引来了明烨母亲的强烈不满。由于意见不合，双方家长争执不下，此事最终不了了之。

　　向来理智的明烨对此事的态度有自己的主见，虽然佳馨欺骗了他，但碍于面子就不想把事情闹得无法收拾的地步，便主动向其父母提出解除他和佳馨的订婚关系。明烨父母后悔当初对女方不够了解便急着订婚，对明烨的终身大事过于草率，现在反而闹出如此大的笑话，更无法向亲友们交代。越想越气后明烨的母亲坚决要求女方返还彩礼、订婚的所有花费。但佳馨父母精打细算，认为男方家也应当承担一部分损失。他们只同意返还订婚钻戒，至于其他的彩礼则视为补偿不愿退还。明烨母亲对于女方家的这种行为表示深恶痛绝，并劝说明烨对此事不能善罢甘休。明烨深思熟虑后，认为其母所言并不无道理，于是就决定以法律的形式解决此事。

　　在一位朋友的介绍下，明烨委托我担任其代理人，通过诉讼的方式要回订婚时给出去的彩礼。基于双方未办理结婚登记手续且已经解除婚约的情况下，按照《婚姻法》规定是有权利要求另一方主动返还订婚彩礼的。但是，当事人必须向法院提供充分的证据来证明该事实。于是我便向明烨说明此类情况，在经过我们梳理后，向法院提交了当事人给付另一方彩礼以及举办订婚仪式等相关证据。

在法庭上明烨提出是因为女方和前任一直保持联系并存在暧昧关系才导致最终解除订婚的，过错在于女方，并提交了若干聊天记录。聊天记录显示，女方坦言因为三观不同，性格不合，坦言自己不爱他，仍然爱前男友。然而，对于感情的纷争显然无法在法庭上纠扯。最终，女方在事实面前做出了让步，答应退还大部分彩礼，案件获得调解解决。

## » 案后结语：

订婚后解约的情况很多，原因：一、了解不深；二、感情不牢固；三、产生新变故；四、订婚结婚条件谈崩。一旦发生解约，一方请求返还彩礼的困难在于：一、很难达到三个法定条件。二、是否返还，不以过错为前提。比如说一方变心的，说一方隐瞒不孕不育的情形的，说一方有性格问题等，都可以是解约的理由，但不是返还彩礼的法定条件。三、主张返款的，很难提供相应烦琐的证据。所以，订婚投入巨大，必须要慎重，在订婚的时候，彩礼多少，回礼多少，名目繁多，万一发生解约纠纷，这些材料老早没有了，谁还会保留呢？这种情况下，能说得清楚

第五章 子女婚嫁的爱与哀愁

吗？基本上扯不清楚。扯不清楚，注注就会造成返还彩礼的主张无法得到支持，造成巨大的财富流失风险。从法律角度上讲，男女之间因缔结婚姻而赠送彩礼不应提倡，但这种普遍存在的习俗不可能立即消失。因此无论是彩礼的赠送者还是接受者，都须保持一定的法律意识，理性对待。

摄影：徐剑峰

# 为子购房，怎奈儿媳争产

世纪佳缘网近日联合链家网发布了最新一期"婚房"主题婚恋观调研报告，报告显示，"房子＝票子＝爱情"这样的观点得到了近半数单身男女的认同，像电视剧《裸婚时代》中男女主角在没有房子、车子的情况下勇敢裸婚的"裸婚时代"似乎已经过去了。在社会压力不断增大的情况下，人们对传统爱情与婚姻的观念发生了相应的变化，"给爱安一个家"，以及"婚姻看住房"等观念正在逐步成为一种普遍现象。2015 年 3 月，家住某市的琳女士夫妻俩准备为即将结婚的儿子资助买一套价值 500 万元的婚房，并一次性付清了 200 万的首付款。因为房产证只写了儿子铭杰一个人的名字，所以婚后也一直由儿子铭杰一方还贷。但是，琳女士怎么也没有想到，这个房子竟然成为儿子离婚时对簿公堂时的争夺品。

与琳女士的初次见面是在一个明媚的下午。琳女士是应邀来事务所咨询案件的相关事宜，会见时，我实在无法将眼前这个面容憔悴、愁眉不展的中年妇人与家境优渥、气质雅致的琳女士联系起来。家住某市的琳女士生活和睦，家庭幸福，夫妻俩都在事业单位上班，经济条件不错，独生子铭杰也到了适婚年龄。跟许多父母一样，琳女士也成了儿子铭杰眼中的催婚一族。为了给孩子一个美满的家，2015年初琳女士给儿子铭杰购买了一套价值500万元的婚房，琳女士拿出了辛苦积攒下来的200万元用于房子的首付，其余由儿子支付按揭贷款。

2014年底，好不容易盼到儿子铭杰带女朋友梦晴回家。梦晴个性开朗、大方漂亮，与儿子铭杰感情甜蜜，琳女士夫妻俩也十分高兴。琳女士夫妻俩希望看到儿子早日成家立业，承担起对家庭的责任，也更希望儿子可以有一个贴心的妻子照顾他的生活。于是在亲朋好友的祝福声中，铭杰与梦晴步入了婚姻的殿堂。

然而好景不长，甜蜜的爱情终究敌不过婚姻的琐碎平淡，婚后的生活并不像想象中的那样美好。琳女士渐渐发现儿子的婚后生活变得更加忙碌。原来，婚后的梦晴沉溺于购物和追剧中，每天睡到日上三竿才起，既不肯下厨也不肯做家务，整天待在家里无所事事，家里里里外外都是铭杰一人支撑，平时上班累完回家后还需要自己做饭。琳女士看在眼里疼在心里。看到儿子这么劳累，琳女士的心里不由得渐渐对梦晴生出一丝不满。在琳女士的想法中，男主外，女主内，男人在外打拼养家，女人多分担点家务，多料理下是应该的。所以，洗衣煮饭操持家务都应该由梦晴承担，毕竟婚姻需要两个人的共同努力经营。但梦晴的行为，让琳女士越来越不满意。为了不让儿子铭杰为难，琳女士就把这些话都咽在了肚子里。

婚后没多久，梦晴就怀孕了，梦晴的父母都居住在外地，离某市相隔遥远。铭杰一边上班一边照顾怀孕的梦晴，分身乏术更是消瘦许多。琳女士看到儿子的辛苦，也为了更好照顾怀孕的梦晴，便搬来与儿子同住。自此本该其乐融融的家庭，却出现了许多不和谐的音符。自从琳女士搬到儿子的住处后，便每天专门照料两人的起居，而长时间的同住，使得琳女士对于儿媳越来越不满。琳女士受传统教育，爱清净整洁，勤俭持家，但梦晴追求时尚、享受自由，热爱尝试新事物。观念上的不同对生活在同一个屋檐下的婆媳产生了许多矛盾，婆媳俩矛盾不断升级，尤其是爱拉上铭杰助阵。铭杰夹在两人中间十分为难，哄完一个还需要哄另一个。渐渐地，铭杰回家越来越晚，有时宁愿在公司加班也不愿回到家中面对妻子和母亲。但是，铭杰的逃避，促使梦晴更加敏感与固执。在一次琳女士不小心感冒的时候，梦晴以感冒会传染给怀孕的自己影响孩子健康为由，让琳女士搬走。铭杰也很无奈，但为了安抚怀孕的妻子也为了孩子的健康，与母亲商量后还是决定让琳女士搬走。这件事使得双方的矛盾越来越深。

次年四月，梦晴生下女儿。坐月子期间，琳女士不得不再次入住儿子家照顾梦晴和刚出生的孙女，但是婆媳俩观念和生活习惯的不同给这个家庭带来了更多的争吵。因此，梦晴在坐月子期间经常会烦躁、压抑，觉得受了委屈。而琳女士则认为她都是为了梦晴好，但梦晴并不领情。双方矛盾更加激化。面对丈夫的逃避，梦晴感到婚姻的无望，现实的婚姻生活和她期望的生活截然不同。婚姻需要以爱

139

第五章 子女婚嫁的爱与哀愁

为基础，但又不能仅仅靠爱情维系，而一旦进入婚姻本身，更多的是需要彼此的互相信任、包容、付出与欣赏。她在这段婚姻中，感受到太多的伤心、失望、不甘、质疑，最终她决定走出这段婚姻。

孩子满月后，梦晴就迫不及待地带着孩子回了娘家，一住就是大半年，开始铭杰还频频电话联系梦晴，希望她尽快回来。可是梦晴一定要铭杰做出选择否则就带着孩子不回来。铭杰却觉得母亲养育自己这么辛苦，而且照顾梦晴坐月子一心一意，虽然方式上不太合适，但是也是真心诚意，根本没有错。反而是梦晴不识大体，斤斤计较。之后，两人的矛盾加剧，陷入冷战。临近年关，看到老婆孩子长期不回来，铭杰也意识到了问题的严重性，亲自到岳父家接梦晴。但是，岳父岳母觉得女儿是他们的掌上明珠，长这么大从未受过委屈，宁愿离婚也不愿女儿再去一个他们够不着的地方受委屈。梦晴也是坚决不同意带孩子回夫家过年。至此夫妻之间的感情越来越淡薄。

2017 年 1 月，梦晴提起离婚诉讼，并依据《婚姻法》司法解释（二）认为房产是夫妻共同财产，一人一半，以此要求分割一半的房产。但琳女士认为，房子是他们夫妻俩出资并登记在儿子一方名下，且由儿子单方面还贷，属于一方个人财产，梦晴根本没有权利分得。面对梦晴的诉讼，琳女士陷入了困境，为了保护自己的合法权益，琳女士将此案委托我代理。基于对此案的分析，我提出以下观点：父母为子女结婚购房，并登在一方子女名下，那么子女离婚时一般会将房屋判归登记方所有，由其继续支付剩余贷款。对于婚内共同还贷部分（包括本金和利息）及其产生的增值，则由得房屋的一方对另一方做出补偿。为此，琳女士向法庭提交了购房手续资料、打款凭证、赠予协议、银行按揭手续等。

经过审理，琳女士的请求得到了法庭的支持，她也终于松了口气。

## » 案后结语：

根据我国《婚姻法》的规定，夫妻在婚姻关系存续期间所得的财产，如无相反约定，为夫妻共同所有。夫妻对共同所有的财产有平等的处理权。这就是说，男女双方通过合法手续办理结婚登记时起，至一方死亡或双方依法解除婚姻关系为止的这一时期内，双方或者一方的劳动所得、受赠或者继承的财产，以及以其他合法方式所取得的财产，都是夫妻共有财产。在现实社会中，尽管有的家庭只有丈夫有工资收入，妻子只是料理家务，没有工作，或者妻子的工资比丈夫的低，但这都不影响妻子对夫妻共同财产的平等权利。

根据最高人民法院关于适用《中华人民共和国婚姻法》若干问题的解释（二）第二十二条：当事人结婚前，父母为双方购置房屋出资的，该出资应当认定为对自己子女的个人赠予，但父母明确表示赠予双方的除外。因此，当事人结婚前，一方父母为双方购置房屋出资的，该出资应当认定为对自己子女的个人赠予，但父母明确表示赠予双方的除外。离婚时该不动产由双方协议处理。协议不成的，人民法院可以判决该不动产归产权登记一方，尚未归还的贷款为产权登记一方的个人债务。双方婚后共同还贷支付的款项及其相对应财产增值部分，离婚时应根据婚姻法第三十九条第一款规定的原则，由产权登记一方对另一方进行补偿。在本案中，由琳女士夫妻俩出资购买的房子应属于婚前财产，婚后还贷部分属于婚后共同财产，儿媳梦晴享有的也是这部分的补偿。

# 凤凰男何以争嫁妆

社会发展到今天，嫁妆一直是结婚时的"重头戏"。20世纪70年代的手表、自行车、缝纫机；80年代的冰箱、彩电、洗衣机；90年代的空调、音响、录像机；21世纪的房子、车子、票子；这些三大件是每个时代的标配。透过三大件，我们也看到了一部嫁妆的变迁史。经济条件宽裕的父母，在独生女出嫁时，往往置办巨额嫁妆。但当出现离婚时，女方的嫁妆是否能够主张返还？

曾经，娅楠也是个自带光环的富家少女，父母从年轻时开始打拼，辛苦小半辈子后成立了一家电镀加工企业。家境还算殷实，含着金汤勺长大的她，是家里的独生女，集万千宠爱于一身，吃的、用的、穿的无不都是最好的。她就在这样无忧无虑的环境下成长的一个活泼、纯真的女孩。

大学的时光是美好且纯粹的，怀着满满的期待，娅楠踏入心仪的大学。积极学习、好好生活，日子无忧无虑。在偌大的校园里，她也只是个普通的姑娘，像世间千千万万个浮尘，过着波澜不惊的日子，甘愿平淡，喜欢安稳。直到那天，她遇上了一名少年哲宇，那一刻就像一枚石子，投入她平静的生命之湖，荡起圈圈涟漪。从此，哲宇就成了娅楠隐秘的心事。为了能够让哲宇认识她、记住她，娅楠就像一株蓬勃的植物，奋发向上，她渴望的不是朝阳雨露，而是下一次与哲宇相见时，不要太平凡。于是娅楠收敛了懒散、放弃了安逸，将拖鞋换成高跟鞋，从卧室走向图书馆，只要想起他，所谓的付出都甘之如饴。

从乡镇走出来的哲宇，无疑是典型的寒门学子，自小父母离异，被寄养在祖父母家中。在潜意识中，他是被父母抛弃的小孩，这无疑让他的内心世界留下了无可弥合的伤痛，也使得他的性格更为内向与敏感。即使哲宇从朋友那里得知了娅楠的心意，却始终无动于衷，甚至刻意保持距离。一段时间后，哲宇打听到娅楠家里的情况，对方殷实的家境让他开始犹豫与心动，一番纠结之下，便决定去主动追求娅楠。此时，被爱情冲昏头脑的娅楠不顾家人朋友的反对，坚决和哲宇交往。

大学生涯即将结束，由于从小就生活在父母庇护下，娅楠渴望能一直活在干净、纯真的世界里，于是毕业后便选择了从事幼教工作。而哲宇也在当地的一家小公司做职员，每个月到手的工资还不够生活的全部开销。虽然在城市里打拼了三年，他不仅没有任何积蓄，反而处处都要娅楠来补贴。在这期间，娅楠带着哲宇和父母见面，在饭桌上哲宇沉默寡言只顾自己，一向对娅楠疼爱有加的父母，看在眼里疼在心中。不久后，娅楠便向父母提出要和哲宇结婚，引来了母亲的极力反对。无论母亲怎么劝说，沉浸在感情世界里无法自拔的娅楠却执意要嫁，娅楠的父母拗不过最终只得同意了娅楠和哲宇的婚事。

一切都如娅楠所愿，她想着自己离幸福越来越近，就像买到自己心爱的娃娃一样开心得像个孩子。由于哲宇的家庭条件困难，只在老家有一套旧房子，而娅楠从小就生活在衣食无忧的条件下，为了不让女儿夹在中间为难，娅楠的父母便决定不收哲宇的任何彩礼钱，还给了娅楠200万元作为嫁妆。面对出手阔绰的岳父岳母，被贫寒打磨过的哲宇，其实比谁都更理智、更清醒，也更加明白这场婚姻的真正价值。之后，娅楠将这200万中的50万用来给哲宇的房子装修，花20万来精心布置新家。她带着哲宇一起购置手表，礼服、钻戒、黄金，全程都是自己买单，花费了近20万。考虑到今后出行方便，便决定再花60万购置一辆婚车。待到一切准备就绪后，两人便领取了结婚证。此后她又用剩下的50万来支付婚礼上的各项开销，随着这场温馨浪漫婚礼的如期举行，娅楠幸福的样子溢于言表，也许这个时候是她一生中最难忘且幸福的时刻。

年少时，将一颗单纯温柔的心毫无保留地交到他的怀中，也许后来共同行走的日子里并不愉快，回过头来才发现，曾经那颗真诚的心已经千疮百孔。结婚不到一年，哲宇的本性完全暴露，动不动就冲着娅楠大吼大骂，甚至经常怀疑她"红杏出墙"。一向温顺的娅楠却对这些莫须有的"控告"内心非常满意。但是日子毕竟不是一帆风顺的，或许只有忍让才能打消哲宇的疑虑，换来他的真心相对，但结果往往都是事与愿违。更为严重的是哲宇会经常无理由

地限制她和朋友间的正常相处，跟踪她、监视她。双方吵得不可开交，接下来的几个月都处于冷战状态。结婚第三年，娅楠最终无法忍受哲宇的猜忌与暴躁，便提出离婚并要求返还父亲赠予他的 200 万元的嫁妆款，但哲宇却不以为然，分文不给。最终双方协商不下，娅楠决定请求法律诉讼要回嫁妆。

我作为娅楠的代理人，了解了事情的全部经过后，给她提的建议是：根据《婚姻法》规定，如果双方未领取结婚证之前购置的嫁妆且双方对该财产的归属没有约定，即属于一方的婚前财产，而娅楠则需要提供充分的证据来证明事实。经过我们梳理后，娅楠提供了一系列收据与收款证明，其中就有女方的 200 万元的嫁妆转账记录，购置家电、家具、首饰、婚车等所有收据与发票。最终这些证据得到了法院的证实，判决男方返还嫁妆折抵款 100 万元。

经过这些事后，她望着窗外的白月光，陷入沉思。此刻手里的结婚戒指，仿佛就在提醒她，当初为什么会选择嫁给这个男人。它会提醒她，当初那些轻盈浪漫的日子、怎样被那个男人打动，"执子之手，与子偕老"的美好愿望，现在想想却是多么可笑。

## » 案后结语：

经济条件宽裕的父母，在独生女出嫁时，注注置办巨额嫁妆。当出现离婚时，女方的嫁妆是否能够主张返还？从法理分析，女方长辈陪嫁的行为，应视为是赠予行为。赠予是给女方个人还是男女双方一般以结婚登记的时间来划分：1. 结婚登记前陪送的嫁妆，一般是认定为对女方个人的赠予，在离婚后应认定为女方的婚前个人财产；2. 结婚登记后陪送的嫁妆，一般是认定为对夫妻双方的赠予，若双方另有财产的特别约定除外。同时，嫁妆的投入，涉及具体的用途，类别繁多，万一发生离婚纠纷，也难以一一提交这些证据。更重要的一点是，无论彩礼也好，嫁妆也好，到底是父母出的钱，还是男女一方各自出的钱，无法分清。往往是父母给子女一笔钱，让子女去做统筹安排，里面又有子女自己的钱，混在一起用，说不清楚哪些钱用在哪里。从证据角度讲，很难做事后的补救。因此，最关键的还是需要在订婚结婚之初，就要做好安排和规划，固定证据，防范风险。

防患未然，幸福永续。幸福是人人乐于追求的，也是最易让人自危的一种情愫。当一段幸福美满的婚姻走向死亡的旋涡，律师作为亿万万普罗大众的独立个体，有着与寻常人同样的追求，追求幸福依旧，祈求婚姻美满。即便不美满时，也期盼婚姻里的双方能心平气和地收尾，给对方也给自己最后的尊严和尊重。当然，在众多离婚纠纷中，律师渐次发现一个潜藏的规律，"你不好好收场，我也不能轻放了你"。对于一位有着多年婚姻纠纷解决经验的笔者来说，不禁感慨：婚姻这个东西，它能让人修炼"成仙"，也能毁了两家人的安宁与简单。赋予戛然而止的婚姻以平和、以温度、以论据，这是家族法律工作者的使命之一。基于此，我们应当综合考虑法律服务的专业化，同时赋予它温度、人性化，并且将它具象化，如我们创制了"幸福法律日志"

第五章 子女婚嫁的爱与哀愁

的法律服务产品，对婚嫁阶段产生的法律风险进行——梳理，采取法律工具予以隔离、防范和安全保障，并融合家族传承精神与长辈祝福，才能为自己的子女保驾护航。

# 富家剩女的烦恼婚事

晃晃荡荡中，不知不觉年龄大了，到处还是剩男和剩女的身影，晚婚成了一种现象，且成了我们身边的热门话题。中国的婚姻市场其实早已进入"剩男"时代，但公众的目光仍聚焦"剩女"。"剩女"承受着比"剩男"更大的社会压力。她们似乎年过28岁就算"剩"了，而男性可以被容忍到35岁。

在"剩女"这个词汇的背后，其实是史上最大规模的一群拥有自我意识、独立人格和生活方式选择权的优秀女性对于婚姻的反抗。她们有事业和故事、有追求和要求、有技能和情趣、有圈子和朋友，只是没有结婚。她们之中，绝大多数不拒绝婚姻，只是拒绝不完美的选择。

每逢过节，家人催婚已经成了一种普遍的现象，适婚青年各有各的忙碌事，他们或是在相亲的路上，或是在互诉衷肠。而那些"催来的婚姻"就真的能够成为剩女的归宿吗？

看着桌子上的结婚请柬和橱柜里的伴娘礼服，嘉怡轻轻地关上门。走在夜色中的城市，晚风吹拂着乱发，她点

第五章 子女婚嫁的爱与哀愁

燃一根香烟，听着广播里正在公布"大龄剩女"舒淇的结婚喜讯，那个始终坚守以爱情为原则的人，终于嫁给了爱情。只要我愿意等，剩着，就先剩着吧。嘉怡参加过所有闺密们的婚礼，如今剩下的人只有自己，此刻的她仿佛是被全世界抛弃的女孩，孤单落寞而寂静。

刚从国外留学回来的嘉怡，是家里的独生女，家境殷实，父母经商，拥有雄厚经济实力。她的父母由制造与销售女装鞋类起家，后来成立了自己的鞋类品牌，并在市场里享有较高的知名度与美誉度。嘉怡从小到大不仅过着锦衣玉食的生活，而且在学习上也是出类拔萃，获得了美国某著名大学的艺术设计学位。这样一个优秀的女孩，在生活上独立自强，职场上独当一面，却偏偏到了适婚年龄，还在张望，只是因为她那渐渐成熟的心，已经不再如少男少女般那么无畏，过多的思绪就似千丝万缕的线，百般纠缠，让她迷茫又彷徨。

从前一门心思花在学位上、工作上，一直觉得爱情这种东西，没有争与不争，总是会在某年某月某日出现，但等了这么多年，她终究还是自己。即使再孤单，她也不愿将就着过生活。可如今随着年龄一天天增加，她被冠上了"大龄剩女"的帽子。嘉怡的父母为此也是焦心劳思，忧心忡忡。在家人的多番催促下，嘉怡接受了父母的相亲安排，可结果永远没有想象中美好。嘉怡见面的多是公子哥，要么是娇生惯养，要么就是骄傲自大，令她烦不胜烦。最终，总算有人入了她的眼，他就是宇博。宇博也是个海归男，但在生意场里打拼多年，也拥有一宗自己的品牌家电商场。

两人交往一段时间后，也渐渐熟悉，性格也合得来。两人都已经到适婚年龄，于是就想着尽快把婚事定下来，少一件烦心事。这样一来，嘉怡的父亲很开心，女儿总算要嫁出去了，但是此事却引来了嘉怡母亲的反对。天底下所有父母都希望自己的儿女能够幸福，但是要想找到能够托付终身的人却是很难。在母亲眼里，自己的这个女婿品行不好，做事太过精明，她担心宇博对嘉怡别有用心。但嘉怡心中清楚，找个合适的人太难了，而当有这样一个人出现时，自己为什么还要质疑。爱情的种子似乎早已在她的心中生根发芽，她不甘就此戛然而止，更不愿再去挑三拣四，执意要嫁给宇博。母亲考虑到嘉怡的年龄，不想因为自己的怀疑而耽误了女儿的婚姻，最终也就妥协了。

　　根据当地的婚嫁习俗，在结婚的时候，父亲就给唯一的女儿置办了丰厚的嫁妆，不仅将一套高档写字楼的房子送给女儿，并登记在女儿的名下，而且还送给女婿一辆宝马车作为他们的婚车。按照当地的风俗，娘家人需要给出嫁的女儿一笔压箱钱，父亲对这个女儿甚是疼爱，这钱一给就是300万元。伴随着美妙的音乐，在亲朋好友的共同见证下，成功举办了这场盛大且华丽的婚礼。

　　好景不长，两人结婚不到三年，嘉怡就从朋友那里听到丈夫宇博在外与多名女子有亲密暧昧的关系，刚开始半信半疑的她，选择忍耐。一次偶然的机会，她却当场抓到了丈夫出轨的行为。出轨的事实犹如晴天霹雳，曾经付出珍贵的感情、梦想，到头来却是镜花水月，一向理智的嘉怡无法忍受爱人的背叛，随后两人发生了激烈的争吵。宇博不但不知悔悟，反而出手殴打嘉怡，导致她手部、腰部出现多处瘀青。

爱情有多甜蜜，就会有多伤人。真正的爱情杀手，是让你笑到最后发现胸口插着一把刀子的人，让你被伤害了，还要说谢谢你，直到时光过去很久很久，才发现自己被愚弄，而伤心下掩埋的都是你的青春岁月。不久这件事便被父母知晓，嘉怡也提出了离婚的决定。此时，宇博同意离婚但是要求分割一半财产。父母把房产证拿出来一看，才发现女儿的房子不知什么时候已经加上女婿的名字。原来是女婿将房子拿去做生意贷款抵押，这才加上了他的名字，两人便领取了共有证。而给女儿的300万元压箱钱也被女婿拿去投资。这样一来，原本只是婚前个人财产，现如今就成了夫妻共有财产。在诉讼离婚时，宇博要求分割一半财产的请求，得到了一审法院的支持。

这件事情让嘉怡父母感到十分懊悔，事到如今女儿的婚姻不仅支离破碎，而且名下财产也被他人分割。一次会议上，嘉怡父母碰到我向我说起这个事情，并向我咨询，如果他们的女儿今后再婚的话，如何吸取前车之鉴做一个有效的财产保障方案。我为他们提供的建议是：婚前个人财产，当它具备一定的条件会转化为婚后夫妻共同财产。一旦遭遇婚变的时候，也就意味着对方将分去自己的一半财产，这个时候，为了保障婚前个人财富的安全，就需要设置一个保护罩。结合嘉怡的案件情况，经过我们梳理后，决定采取"幸福法律日志"的保障措施。幸福法律日志，是一款用于记录夫妻双方在相识、订婚、结婚、婚后共同生活期间的重大事件、幸福瞬间，并且留存相应见证材料的法律日志。

我建议嘉怡父母可以通过这款婚嫁法律服务，在律师的规划下，将巨额的婚嫁财产做一个合理安排，同时将嘉怡父母的赠予意思表示与给付凭证通过合法的要件形式固定下来。一来能够合理、合法、有形地将婚嫁财产进行分配与给付；二来能够预防女儿婚变所带来的财产流失风险；三来还能够将父母长辈的祝福、家风家族精神寄托于日志之上，让儿女体会父母的不易，领会家族传承的精神，更懂得守护这段婚姻的和美。

嘉怡父母了解了我们提供的这项婚嫁法律服务之后，表示非常认可，认为它不仅珍藏了夫妻双方的誓言，也承载了父母的祝福和传承，更加增添了来自法律的保障，令家人们在多年后重温每一个瞬间时，都能切身感受到婚姻的不易与温暖。

**» 案后结语：**

自古以来，中国就留有各种婚嫁习俗，可谓源远流长。虽然有些传统婚嫁习俗是陈腐不堪的或者说是不可取的，但其深刻的文化意义不能全盘否定。生意遍布全球，素有"亚洲犹太人"之称的温州人都是念旧念俗之人，他们特别重视彩礼嫁妆习俗。温州婚嫁习俗是一种由上至下的信赖与传承，婚嫁彩礼该给些什么，每个地域都有微末的不同，但不影响父母关爱与付出。

第五章　子女婚嫁的爱与哀愁

巨额的婚嫁财产，伴随着当下越来越高的离婚率。对于殷切期盼子女幸福美满的父母，似乎都成了一段遥不可及的梦。在看到如此多的当事人，在庭上针锋相对，而将过往的丝毫美好都撕得粉碎也难将婚姻琐事、婚嫁财产争个明白。笔者不得不劝告各位父母和子女，与其事后补救不如事先防范。

如果父母能够从陈旧的婚嫁观念中走出来，辅以适当且妥当地安排子女婚嫁问题的方式，做到事前预防、事中留意，那么父母可以为子女免了不少事后的烦恼与措手不及。

# 第六章
# 涉外婚姻的爱恨情仇

——改变你，还是改变我

用人间的爱去爱，我们可以由爱转为恨；但神圣的爱不能改变。无论是死还是什么东西都不能够破坏它。它是心灵的本质。

——［俄国］列夫·托尔斯泰

在日益频繁的世界经济、文化交流中，我们接触到越来越多来自不同地区的人群，大部分感情的萌发来自于新鲜感和吸引力，和我们一直渴望永恒不变、延续终生的爱情观，从异国恋发展到婚姻的结合，每一步都是十分艰辛，涉外婚姻也成为眼下社会关注的热点。

爱情是无形的，它如风，无法被牢牢抓住。但是长此以往，却可以将岩石侵蚀，留下风化的痕迹。而从接受这段感情到步入婚姻，就意味着接受"被你改变"和"开启了一段新的人生：从一个"你"和一个"我"变成了"我们"，从此风雨同舟，不离不弃。或许，这改变连你我都意识不到，但在我们相处和磨合过程中，我的生命和灵魂都有了你的痕迹，所有你给的，甜蜜的、苦涩的，都铸就了现在的我，一个与之前不同的我。

然而，在充满异域情趣的爱情光环背后，涉外婚姻这种特殊的婚姻家庭形式，也面临着来自文化价值观、生活习惯、成长环境、宗教信仰、法律保护等方面的现实困扰。特别是近年来，一些社会知名人士的涉外婚姻纠纷报道层出不穷。一些曾经美好的中外联姻在现实的压力下土崩瓦解，许多看似光鲜的涉外姻缘背后隐藏着家庭暴力、婚姻欺诈等不为人知的隐情。

# 一对海外温商的异国离婚和中国析产之诉

　　浙江省文成县是全国著名的侨乡，移民海外的历史始于清光绪年间，至今已有100多年。全县移民海外侨胞达10多万人，分布于世界70多个国家和地区，其中95%以上居住在经济发达的西欧国家，以意大利、荷兰、法国、西班牙和德国居多。从文成走向世界各地的温商，在异国他乡风雨同舟，辛苦创业，打拼事业江山，积累家族财富，然而很多温商在埋头打拼生意之余，却往往忽略了经营家庭善待家人，在婚姻上屡屡出现危机，遭遇变故。我的当事人益明和他的妻子红霞，就是这样的一对海外温商夫妻，他们虽经历同患难共致富的婚姻历程，却难以相守终老，最终只能通过法院诉诸解决财产纷争。

　　本案涉及涉外离婚判决的效力和离婚后夫妻财产分割的问题，双方当事人作为外国公民，其离婚手续在外国法院办理，而他们的大部分资产在国内置办，因此外国法院无法处理国内资产，而中国法院则无法直接执行外国法院的裁判文书。当时根据司法解释规定，对于离婚后夫妻共同财产分割的时效为两年，益明的主张已经超过两年。如何确认益明的离婚效力及保障其财产权利，成为我经办此案面临的挑战。我提出的本案不适用两年时效，且离婚后对未处理的夫妻共有产的分割不应有时效限制的观点，获得法院的支持。

2011 年，《婚姻法》司法解释（三）出台，其中第十八条规定：离婚后，一方以尚有夫妻共同财产未处理为由向人民法院起诉请求分割的，经审查该财产确属离婚时未涉及的夫妻共同财产，人民法院应当依法予以分割。据此，明确取消了对于离婚后分割夫妻共有财产两年时效的规定。

我的当事人 Jensen（中文名益明），与他的妻子 Angela（中文名红霞）原籍中国浙江省文成县，两人于 1983 年间在文成县人民政府登记结婚。文成是著名的侨乡，益明和红霞的很多亲友都在国外经商，红霞的姑姑在荷兰开设中餐厅多年，生意很好，因缺人手帮忙，便来信邀请他们到国外帮忙。两人一商议，很快就同意了姑姑的提议，一起来到荷兰。刚开始他们在姑姑的店里打工。过了几年，两夫妻慢慢攒了一些钱，于 20 世纪 90 年代初开出了第一家夫妻店餐馆。之后，两人相继生下女儿和儿子。夫妻俩拼命赚钱，一天也舍不得休息，经过十多年的辛勤耕耘，终于换来丰硕的家业，先后在国内购买了商铺、写字楼。

然而，两人的婚姻关系并没有像做生意那样顺利发展。在异国他乡，因为风俗习性的影响、家族矛盾的影响、经营生意的理念差异、子女教育的理念差异，致使夫妻关系发生隔阂。最重要是对于何时回国安定的打算，双方意见不能统一。益明想早点回国安顿，照顾家乡的老父母；红霞则希望继续在荷兰开分店，没有回国的打算。于是双方频频争执，最终矛盾无法调和，不得不考虑离婚。经过反复协商，双方于2008年在荷兰达成离婚协议，协议约定：双方同意向法院提交联合离婚申请书；两个孩子已成年，未成家，可随益明居住，红霞有权前往探望；双方明确了婚姻共有财产的范围；双方应在市政厅注册登记离婚判决书后一个月内完成分割等项条款。之后，两人共同向荷兰地方法院递交离婚申请。法院做出离婚判决，认定双方的离婚申请符合法律要求，双方依法达成的离婚协议属判决的构成部分。之后，经荷兰某市市政厅对双方的离婚判决进行婚姻关系终止的登记通知。至此，双方在荷兰依法办妥离婚手续。

根据离婚协议书的约定，双方应当在离婚手续办妥后一个月内分割共同财产。随后，双方对位于荷兰某市的一套共有房产进行了处分，并办理了交接手续。然而，对于在国内购置的夫妻共有产，双方虽经屡次协商，却始终无法达成一致意向而无果。

由于益明和红霞在婚姻期内，益明大部分时间在国外，国内的购房手续均是红霞出面购买办理，为方便红霞办理购房贷款等手续之便，双方曾在上海公证处和温州公证处都办理了相关委托公证手续，并将产权登记在红霞名下。离婚后，益明顾虑到红霞随时都有处置上述财产的可能，便多次要求红霞办理分割手续，但红霞均不予出面与原告分割析产。

2010年间，益明专程回国，到各地的房管局了解房产办理手续，这一了解有了更进一步的发现。原来红霞利用益明当初写给她的委托书，早已在国内另行购有一套价值千万的写字楼，并且早已将其父母名下的房产和商铺出资购得，且产权也已在离婚之前就已过户到红霞名下。也就是说，益明和红霞的国内房产目前有六套。益明此时不敢再直接找红霞要求分割，朋友建议他应该找个专业律师。他遂找到我，要求解决这个棘手的问题，取得他的应有份额。

接到这个案件，我们面临着两个问题：第一，外籍华裔在外国法院判决离婚后，又在中国法院起诉分割财产，是否需要中国法院先行审查和确认外国法院的离婚判决效力；第二，益明要求分割红霞隐匿夫妻共有产，是否会遇到《婚姻法》司法解释（一）第三十一条规定的有关再次分割夫妻共有财产两年诉讼时效的障碍。果不其然，当我们提起分割共有财产的诉讼，被告红霞的代理人马上提出了这两项抗辩，要求驳回原告的诉请。法庭上，我方提出观点认为：首先，原告益明虽在外国法院离婚，但该离婚判决无须经中国法院审查承认其效力，可直接就离婚后未分割的财产请求中国法院确权并分割。《最高人民法院关于中国公民申请承认外国法院离婚判决程序问题的规定》适用的是中国公民在外国法院的离婚判决需要申请经中国法院承认其效力，而本案双方当事人实则系欧洲荷兰籍公民，并非中国国民，并不适用上述规定。对于外国公民在外国法院的离婚判决，根据《最高人民法院关于人民法院受理申请承认外国法院离婚判决案件有关问题的规定》（法释〔2000〕6号）第二条之规定，外国公民向人民法院申请承认外国法院离婚判决，如果其离婚的原配偶是中国公民的，人民法院应予受理；如果其离婚的原配偶是外国公民的，人民法院不予受理，但可告知其直接向婚姻登记机关申请再婚登记。因此，外国公民在外国法院离婚后，可在中国婚姻登记机关直接办理婚姻登记。同理，如果夫妻双方在中国具有财产分割，可按照我国民事诉讼法的规定向不动产所在地法院进行析产诉讼。法院应根据我国法律规定确定财产共有人各自应享有的权利。因此，原告益明无须经过申请法院承认外国离婚判决为前置程序。

其次，益明和红霞作为荷兰籍华裔，在中国结婚后购置的财产属于夫妻共同财产。虽双方在荷兰依法离婚，但国内共同财产至今尚未依法分割，且为红霞单方占有、使用、收益（上海房产出租）。原、被告双方在荷兰离婚，根据荷兰法律规定，离婚涉及不动产所有权的审查的，该不动产的权属及分割由不动产所在地法院管辖。因而，双方当时在荷兰协议离婚时，其离婚协议书中并未提及国内共有房产，更未做出分割处理。根据我国法律的规定，离婚时，双方未予分配的共有财产，离婚后，双方仍可再次分配，未达成分配协议的，或未履行分配协议的，或隐瞒财产的，有权向人民法院诉请分割夫妻共有产。我国《婚姻法》第四十七条规定，离婚时，一方隐藏、转移、变卖、毁损夫妻共同财产，或伪造债务企图侵占另一方财产的，分割夫妻共同财产时，对隐藏、转移、变卖、毁损夫妻共同财产或伪造债务的一方，可以少分或不分。离婚后，另一方发现有上述行为的，可以向人民法院提起诉讼，请求再

第六章 涉外婚姻的爱恨情仇

次分割夫妻共同财产。我国《婚姻法》司法解释（一）第三十一条规定，当事人依据婚姻法第四十七条的规定向人民法院提起诉讼，请求再次分割夫妻共同财产的诉讼时效为两年，从当事人发现之次日起计算。然而，因双方在婚姻存续期间，益明均在荷兰经商，一切国内投资事务全权委托红霞办理，因此，红霞在国内的投资置产，益明其实根本不知实情，仅凭红霞的单方说法而置信。由于红霞不予分割财产，使得益明前去查询双方共有产，于是在2010年才发现红霞隐瞒共有产的情况，益明随后就提出民事诉讼，并未超过两年诉讼时效。况且，本案并不仅仅是被告隐瞒财产的问题，更涉及双方在国籍国离婚时，未能对共有产做出处理，离婚后又未能进行分割处理，这就在客观上使得夫妻共有产一直处于未实际确权分割状态，因此，《婚姻法》司法解释一规定的两年诉讼时效并不适用本案作为涉外民事法律关系的诉讼特点。由此，原告有权向贵院提出诉请要求确权并分割共有产。

最后，就本案的法律适用问题,《民法通则》第一百四十四条规定，不动产的所有权，适用不动产所在地法律。《民法通则》若干意见第一百八十六条规定，土地、附着于土地的建筑物及其他定着物、建筑物的固定附属设备为不动产。不动产的所有权、买卖、租赁、抵押、使用等民事关系，均应适用不动产所在地法律。第一百八十八条规定，我国法院受理的涉外离婚案件，离婚以及因离婚而引起的财产分割，适用我国法律。认定其婚姻是否有效，适用婚姻缔结地法律。因而，对于该项财产的分配，应当适用我国法律的规定，即依照婚姻法的规定，婚姻关系存续期间购置的财产属于婚后夫妻共有财产，由双方分割所有。

经过法院审理，我方提出的观点全部被法院采纳，并就共有财产做出了相应的分割，益明获得了自己应有的那一部分财产。就离婚后共有财产的分割时效，益明在离开之前，他说："叶律师，我还是要回来的，财产我最终是留给我的孩子。但是他们对中国没有感情，我希望他们回国创业，不要像我一样在异国他乡留下诸多遗憾。"

案子结束后的第二年，《婚姻法》司法解释（三）出台，其中第十八条规定，离婚后，一方以尚有夫妻共同财产未处理为由向人民法院起诉请求分割的，经审查该财产确属离婚时未涉及的夫妻共同财产，人民法院应当依法予以分割。据此，明确取消了对于离婚后分割夫妻共有财产两年时效的规定。

## » 案后结语：

海外温商在异国他乡艰苦创业，然而打江山难，守江山更难，创业期间积累的财富，从家庭传承的角度来说，首先要有婚姻稳定的基础保障，一旦婚姻解体，就面临着分家析产的尴尬局面。由于温商的资产很多在国内置办，一方全权委托另一方或者亲友办理置产手续的情况非常普遍，这里面就存在巨大的法律风险，一旦发生婚姻危机，不直接掌控财产的一方将难以防范和保障财产不被另一方转移和变卖。同时，海外温商的子女出生在外国，虽是华畜后代，却对父辈的祖国缺乏认知、认同和归属感，对于父辈传承给其的国内资产或者企业，并不具有情感归依，也不善于打理承继管控，注注使得创业一代和二代之间无法顺利健康地完成家族财富传承。海外温商面临的这些问题，从法津层面上，能解决其表面技术问题，却无法破除解实质根本问题。对于如何保障家族财富的安全传承，较之西方而言，中国还非常落后，需要一个长期的探索和积累过程。

# 徘徊于美利坚的离婚征途

无数次在中美两地停留、迁居、搬家中往复，无数次在殴打、忏悔、保证，再殴打、再反悔、再保证的恶性循环中往复，无数次在离与不离、分与不分、走与不走的纠结中徘徊，经历了20多年来回中美两地却无法逃脱家暴阴影的悲惨婚姻，菲菲终于下定决心走上中国法庭，起诉要求离婚，并呈递上美国相关部门对于曾发生在这个婚姻中的暴力行为而出具的警局告诫书、法庭禁止令、社区记录和教会证明报告等证据证明被告力玮长期施暴、对家庭不负责任、未曾支付抚养费、夫妻分居多年的事实，终获法庭判决准予离婚，并判令两个孩子的抚养权归菲菲。法庭不予采纳丈夫力玮关于不同意离婚的答辩意见，并判令这个长期对妻子施暴的丈夫力玮一次性支付离婚前三年未付抚养费及离婚后至儿子十八周岁为止的抚养费。

我的当事人Jone（中文名菲菲）与丈夫力玮在一次朋友的酒会上相识，1989年举行婚礼后共同生活，并办理了结婚登记手续，婚后生了一个女儿。婚初两人感情尚可，然共同生活时间不久，菲菲就发现力玮染有赌博恶习，且经常酗酒。菲菲规劝几句，力玮就要酒疯谩骂甚至对她动手。菲菲因自小在单亲家庭成长，内心非常渴望维系家庭的圆满，因此对力玮的恶劣行为一忍再忍。

菲菲的妈妈早年离异后远嫁美国，一直希望菲菲到美国跟她团聚。1995 年，菲菲和力玮带着女儿小倩移民美国加州，来到了母亲的身边。由于菲菲在国内从事外贸生意，来到美国后，很快就融入美国当地的社会和生活，加上勤奋努力，获得了美国公司和朋友的认可。然而，力玮因为语言障碍、生活习惯等无法适应美国的生活，一直待在家里，无所事事。在美国住了三个月后，力玮不愿意一家继续待在美国，执意要菲菲马上回国。菲菲慑于力玮的逼迫，尽管非常不愿离开美国和母亲，但不得不从美国公司辞职，与母亲惜别，一家三口重新回到温州。此后，为了延续居留签证及美国的生意，菲菲不断往返于中美两地。1998 年5 月，菲菲在美国生育了一个可爱的儿子 Jason。儿子出生后，菲菲一家在美国生活了约半年，又返回温州。

如此长期辗转周折，不甚稳定的生活让原告身心疲惫，为了给孩子一个安宁的生活和成长环境，1999 年间，菲菲带着两个孩子回到美国定居，但力玮坚持自己留在国内，没有跟菲菲一起赴美。此后一年中，力玮在国内没有生活来源，提出还是来美国跟菲菲和孩子一起生活，并对菲菲保证会痛改前非，回归家庭，不再喝酒赌博。菲菲以为儿子也有了，力玮经历了那么多次的保证，既然提出愿意来美国，总能悔改。于是，她答应再给力玮一次机会。在美生活期间，菲菲每天早出晚归辛勤工作赚钱，支付房租、维持家庭开支，回到家又照顾孩子料理家务，非常辛苦。力玮却由于几次找工作都不顺心，于是干脆待在家里，什么事情也不愿干。然而，在美国不像中国，力玮也没有在国内那般的酒肉朋友，失去了在国内那样天天出去喝酒赌博享乐的机会，脾气变得越来越古怪、孤僻、暴躁，动辄在家中打骂孩子妻子。夫妻关系再度恶化。

一次，菲菲下班回家发现力玮横卧在儿子的婴儿床上大睡，室内一片狼藉，儿子却在旁边啼哭不止。菲菲见状叫醒力玮，责问他怎么不看管好孩子。力玮一听就暴跳起来，挥拳暴打菲菲。菲菲的妈妈因为白天在电话里得知菲菲这几天身体不好还强撑着上班，正好过来看望女儿，没想到正撞见力玮在殴打菲菲，一旁的儿子女儿在大哭她吓得赶紧要报警，力玮却当场将电话机、相机等统统砸碎。菲菲的妈妈报警后，片刻，美国警方赶到现场，立刻将力玮拘捕。几天后，案件呈送到美国当地法庭处理，面对法官的质问，力玮居然大言不惭声称自己殴打妻子是其合法权利。美国法官厉声责问他："谁给的你这个权利？"力玮一句话也回答不上来。法院当庭下达"家庭暴力禁止令"，规定力玮立刻迁出居所，半年内不能靠近妻子100米距离，并定期到当地教会参加听道服侍。禁止令下达后，力玮不得不从家中搬出来，临时借住在美国朋友家中。一个月后，力玮觉得没什么事了，又擅自回来，并向菲菲再三保证不会再犯错。哪知没过几天，力玮酗酒后又失去理智，再次将菲菲打得鼻青脸肿。在这样的状况下，一旦菲菲报警，根据美国地方法律规定，力玮将面临被监禁的局面。力玮自知在美国再也无法久留，于是在 2001 年底，他趁着菲菲出差之际，带着儿子回国，并将儿子交由菲菲的父亲和继母抚养照管，自己则不闻不问。

2003 年间，菲菲思儿心切，且力玮信誓旦旦承诺将善待妻儿，保证今后不再酗酒、赌博、滥用暴力。抱着最后一线希望，菲菲带着女儿再次回国生活。但令菲菲万没想到的是，力玮居然变本加厉，不仅根本不顾孩子（力玮一周至少有五天的时间是凌晨 1 点后回家），且依旧酗酒赌博，对菲菲依旧施以家庭暴力。2006 年 6 月，万般无奈之下，菲菲带着两个年幼的孩子回美国生活。至此，菲菲和力玮开始分居。分居三年多来，菲菲一直在美辛苦打工挣钱抚养两个孩子，力玮却拒绝支付抚养费。想想这么多年来遭受的无休止的家庭暴力和自己的付出，菲菲难以平复内心的伤痛，也为了给孩子追讨抚养费，她便委托我起诉离婚，并追讨抚养费。

法庭上，菲菲声泪俱下，她说："在与被告力玮长达二十年的婚姻生活中，面对力玮的暴力、酗酒和赌博，我的精神长期处于恐惧和痛苦之中，直到对力玮彻底绝望。经过三年多的分居生活，夫妻感情已经完全破裂。痛定思痛，我要求尽快离婚。儿子一直由我抚养长大，现在美国学习生活非常安定。女儿也是我自己一手带大，现在美国读大学，尚未独立生活。因此，请求法院将两个孩子的抚养权判归我。他们的父亲力玮在这三年的分居中均未支付抚养费，应当补偿这三年的抚养费，同时一次性支付离婚后孩子的抚养费。"

力玮不同意离婚，并声称自己有支付孩子抚养费。面对力玮的答辩，我们提交了一系列证据，针对其家暴行为，有美国警局出具的告诫书、法庭出具的禁止令、社区记录和教会证明报告等，以及力玮本人的保证书、承诺书、邮件、短信记录；针对孩子的抚养问题，我们出具了学校证明、社区证明、银行记录、证人证言、双方的出入境记录等相应证据。力玮既无法反驳家暴证据，也无法提供证明其履行了分居期间抚养义务的证据。由于我们相关证据均做了翻译，办理了公证，并提交中国驻美大使馆办理了认证。据此，法院判决准予离婚，并判令两个孩子的抚养权归菲菲。法庭不予采纳丈夫力玮关于不同意离婚的答辩意见，并判令这个长期对妻子施暴的丈夫力玮一次性支付离婚前三年未付抚养费及离婚后至儿子 18 周岁为止的抚养费。

## » 案后结语：

美国是华人最热衷的移民热土，也是一个文化包容性非常广的开放国度。美国有良好的社会生存法则以及完善的法律制度体系，华人以及他们的后代在这里能得到较好的创业和发展。然而，移民家庭因为家庭成员个体差异的因素，并不都能协调统一融入美国社会，一方适应，一方排斥的情况并不鲜见。在异国生存，更加容易产生摩擦隔阂争执，一旦发生家庭婚姻纠纷，尤其是遭受家暴，美国法院将对受害人做出及时的保护举措，并能形成系统的证据材料，使得受害人不仅能化解眼前的婚姻危机，更能获得齐备的证据资料，在此后的婚姻中得到有效的权利保障。

中国法院在审查外国政府、法院出具的法律文书，通常需要办理公证、认证手续。公证，是对内容的真实性做出证明，认证是对公证书的形式真实性做出证明。两者兼备，方能得到中国法院的确认采信。

摄影：徐剑峰

# 再婚再离，婚姻梦陨落红尘

　　这是两个各自经历过不幸婚姻的当事人，双方身处中美两国，一朝相识，仿佛相见恨晚，在闪电般的结婚后开始新的人生轨迹。造化弄人，在美国生活期间，两人分分合合，离婚、复婚，又再离婚。女方倩的理想幸福婚姻梦，从起点绕了一圈，又回到了原点，不同的是，已然失去了十年时光，增添了生命的沧桑。离婚后，她以抛却红尘俗世的决断皈依佛门，对婚姻和家庭的向往，她彻底封存。她曾多年珍藏的那件红色的婚礼旗袍，一直留在我这里，再未取回。

　　我的当事人倩，一位文雅娟秀的女人，早年与下海经商的丈夫离异，自己经营着一家花店，带着一个读高中的女儿相依为命。几年来也陆续有人给她介绍了不少对象，但她都不太中意。

　　2005年间，朋友给她介绍了一位在美国经商的华人。这个人姓林，单名一个丰，在美国定居经商已多年，离异单身，且没有孩子牵挂。当时林丰还在美国，一心要找个本土的女人再婚。双方相互看了一下各自发来的照片，都觉得不错，于是介绍人就安排林丰回国与倩正式相亲。

两人见面后，由于都有过不幸婚史，多年单身的孤独感，加上独居异国他乡的寂寞，有共同话题，交流甚好。这次见面后，双方都比较满意。因林丰在中国停留的时间很短暂，于是见面不到一周后，两人就去办理了登记结婚。林丰表示今后会把倩带到美国共同生活。结婚后，林丰就返回美国，并着手为倩办理出国手续，而倩则留在 W 市一心等待去往美国，夫妻团聚。

林丰赴美之后，倩的出国手续并未能顺利办妥。但两人一直保持联系。2005—2008 年间，林丰每年都回国一两次与倩团聚，但每次最多也只能住一个多月。此时，倩也隐隐发现林丰与她在性格上、价值观上、生活情趣和品位上均有诸多不和谐的地方，但想想林丰毕竟长期生活在国外，对国内的人情世故、生活环境或有脱节，因此满心希望于出国后与林丰共同稳定的生活，双方的关系或许会能更加融和。2008 年，林丰终于为倩办妥出国手续，两人在美国总算稳定下来。林丰在一家保险公司做营销员，倩一时找不到工作，暂时待在家中。在美国生活期间，两人的隔膜逐渐暴露，倩喜欢安静地宅在家里，种菜养花，收拾庭前院后，周末去做礼拜。林丰则喜欢交际应酬，经常把一些华人朋友带到家中喝酒聊天，闹到凌晨也不愿离去，有时候还因为扰邻而被报警、训诫。倩喜欢研究中国字画，在美国缺乏文化交流圈层，只好经常上网与朋友交流切磋。林丰则喜欢打牌，经常和朋友一起小赌不停，大赌不断。本来也互不干涉，但林丰赌输了回来看到倩在网上谈字画诗词，却非常反感，抱怨倩不够关心他照顾他，把时间浪费在这些无用的事情上。双方渐渐有了摩擦。

此后，林丰在外面逗留的时间越来越多，倩刚开始还过问，久而久之，见林丰无意听取，便也听之任之。两人的关系越来越冷漠。2010年，倩发现林丰在外与另一个女人相好。面对倩的质问，林丰并不否认他的婚外情，并坦言对着冷冰冰的倩，他早已索然无味，提出离婚。时至今日，倩才意识到，来美国仿佛是一场梦。双方都觉得这是个错误，于是很快到美国法院平和地办理了离婚手续。离婚后，倩本来打算回国，刚好父亲生了一场重病，她便将父亲接到美国找医生治疗，于是，她就继续在美国待了下来。

倩在美国除了林丰举目无亲，父亲的住院对她而言成了一大难题。或许是对倩怀有歉意，林丰主动奔前忙后，帮助照管倩的父亲，还负担了一大笔住院费。倩的父亲很满意这个"美国女婿"。倩为了不让病中的父亲担忧，也隐瞒了自己离婚的内情。半年过去了，林丰的行为显然感动了倩，而他也适时地向倩提出了复婚的意思。原来林丰当初的婚外女友跟着他的老板移民去了澳洲，把林丰给彻底抛弃了。林丰悔不当初，幡然醒悟后，他认定倩才是他的终身伴侣，发誓这次一定要好好珍惜倩。

倩举棋不定，她深知林丰跟自己并不是一个世界的人，无法真正地相融相惜。然而，一面是林丰的强烈要求；一面是她和老父亲在美国都需要一个依靠。几番权衡，倩最终将心中憧憬和寻找完美婚姻以及至深爱人的渴望压抑了下来，她认命了。2011年，倩和林丰复婚了。此刻经历世

第六章 涉外婚姻的爱恨情仇

事沧桑的倩也成熟了，考虑到双方性格不合导致离婚的前车之鉴，她要求回到国内办理复婚手续，并签订了一份婚前协议书，约定"在夫妻生活过程中，若发现互相性格无法融合，一方随时可以提出离婚，另一方不得反悔抵赖"。林丰悉数答应。双方顺利地在倩的老家民政局办理了复婚手续。

复婚后，倩的生活回归简单。老父亲病好后，在倩的家里住了一段时间。由于不习惯美国的生活，父亲执意要回中国老家，于是倩将父亲送了回去。林丰的生意越做越大，经常隔三岔五不在家，倩在中国待了半年，林丰也没有提出要倩回去。两年后，倩在与林丰分分合合之中，感到身心疲惫，不想再回到美国那个伤心地。于是她找到我，商量办理离婚手续。经过充分的考虑和沟通，在得到倩坚定的离婚的意向后，我们向法院提交了离婚诉状。林丰拒绝离婚，也拒绝回国应诉。因为双方在共同生活期间，没有生育子女，也没有共同财产和债权债务纠纷，尽管被告缺席，案子仍如期在缺席审理的情况下进行。我们提交的双方复婚之前的协议书成为认定夫妻感情不和的重要证据，法院认为双方的涉外婚姻经历了离婚复婚，但仍然没能恢复感情，据此判决准予离婚。宣判后，林丰没有上诉。倩的父亲面对女儿女婿结婚复婚，又再次离婚的事实难以接受，病情加重，在倩拿到离婚判决书的次日不幸辞世，成为倩终身的愧疚和遗憾。

结案后，她把她曾多年珍藏的一件红色的婚礼旗袍，拿到我这里，她说："叶律师，这件衣服伴随我多年，是我对婚姻最美好的期盼，现在没用了，我不想再留着它，交给你吧。你帮我把它处理了吧。"那一刻我竟一时无语言表，我希望她有一天把它拿回去。然而，这件衣服自此一直留在我这里，她再未取回。

## » 案后结语：

中国对外开放与交流的日益频繁，促使追求浪漫跨国婚姻的现象越来越普遍，涉外婚姻也越来越呈现上升趋势。俗话说，婚姻需要双方共同的培养和呵护，但是，涉外婚姻的夫妻双方往往因为长期分居两地甚至各居异国，虽然物质条件相对较好，但是沟通较少，甚至时间一长便失去了任何沟通和交流，即使在一起共同生活，由于在异国他乡面临着文化价值观、宗教信仰和生活环境、生活习惯、生活态度上的种种差异，双方在任何一个环节上的不合拍，都可能造成双方无法适应彼此，较容易产生情感和精神孤独感，导致双方缺乏共同语言，造成婚姻家庭失去了维系的根基。这也是涉外婚姻比一般婚姻更加脆弱的特点。

不过，在涉外婚姻中，当事人往往具有一定的心理预判，因此，婚前协议书在涉外婚姻中出现较多。笔者在代理的涉外案件中，有 50% 以上存在婚前协议书的情况，远远大于一般婚姻案件。婚前协议书涉及双方情感的忠诚承诺、各自婚前财产的约定、家庭义务的负担以及婚后财产的归属等，成为涉外离婚案件中重要的甚至关键的事实依据。

第六章　涉外婚姻的爱恨情仇

# 意大利之婚，巨额离婚赡养费的代价

意大利是温商进军国际市场的海外首选地，罗马、米兰、普拉托等意大利著名都市聚集着大量温商以及他们的家庭，占据了意大利华人区的半壁江山。他们在这片丰腴的土地上耕耘着、收获着，也经历着艰难和曲折。在契合和融入这个古老国度的文化和法律体制过程中，他们在获得权益和保障同时，往往也付出了巨大的代价。

2012 年，意大利前总理贝卢斯科尼又传出了花边新闻：意大利米兰法院就意大利前总理贝卢斯科尼和他的第二任妻子拉里奥离婚诉讼案做出判决，贝卢斯科尼每月向前妻支付 300 万欧元的离婚赡养费。也就是在 2012 年，我的当事人乔峻先生正面临着意大利法院的刑事追诉。因为离婚赡养费的问题，他差点进了意大利监狱。

乔峻在中国 Z 市出生，大学毕业后在上海工作，认识妻子雅丽后，两人回到 Z 市老家结婚。婚后，乔峻在上海某意大利国际家具公司担任设计师，收入颇丰。1998 年，乔峻赴意大利总公司参加培训交流，其间在意大利参加了一次国际家具艺术设计比赛，没想到一举夺魁，获得嘉奖。

乔峻的出色表现受到意大利当地某世界著名家具公司赏识，该公司向乔峻抛出橄榄枝，并开出优厚待遇。乔峻欣然应允，实现了人身的华丽转身。1999年，乔峻取得了意大利国籍。2000年，乔峻将妻子雅丽和儿子都接到了意大利，雅丽和儿子不久后都取得了意大利国国籍。次年，乔峻和雅丽又生育了一个女儿。

　　由于乔峻的职业收入丰厚，因此雅丽婚后就没有出去工作，专心在家相夫教子，一家人经济宽裕，生活优越。2004年，乔峻被派往美国分公司，工作期间乔峻偶有回国，因此夫妻关系开始出现裂痕。三年后，乔峻回到意大利，向雅丽提出离婚，可雅丽不同意离婚。双方交涉了很长时间，一直未能达成协议离婚。2009年，乔峻向意大利法院提出离婚诉讼。由于乔峻和雅丽都是意大利国籍，尽管两人是在中国民政部门登记结婚，但离婚诉讼可以适用意大利法律。根据意大利离婚法的规定，乔峻应当向妻子支付离婚赡养费。同时，双方还要先行分居，即正式离婚之前，必须先经过分居诉讼。2009年，意大利罗马法院判决乔峻和雅丽分居成立。在诉讼中，乔峻依照法院要求申报自己的收入，即每月20 000欧元。但，雅丽提出这根本不事实，乔峻有若干收入未向法院申报。意大利法院依据这个家庭的日常支出情况，包括两个孩子入读贵族学校的事实，每年出境旅游的事实，购买奢侈品的事实，家庭日常高消费开支的事实，购置夫妻共有财产的事实等情况，推定男方具有长期稳定的较为丰厚的收入。因此，法院推定为每月30 000欧元，远远超过了乔峻申报的收入。因而，法院判决：

1. 女方雅丽获得排他性的孩子直接抚养权。法院认为两个孩子一直与母亲雅丽生活，而父亲乔峻的工作性质决定了他需要经常在外出差，无法照顾孩子，因此从孩子的最大利益出发，孩子跟随母亲共同生活更有利于保障孩子的利益。

2. 双方婚后共同购买的房产，在分居期间由女方取得排他性的居住权。法院认为女方离婚后要养育孩子，而没有其他住所地，因此需要继续生活的原住地。

3. 男方须支付给两个孩子每月共 3000 欧元的抚养费。

4. 男方须支付给女方每月 3000 欧元的赡养费。

离婚后，乔峻并没有再婚，而是单身生活。2011 年，乔峻因一次客户投诉被公司查出私自收费的违规行为，被公司裁员。乔峻为此跟公司打官司，不但前后耗时良久，更花费了一大笔诉讼费和律师费。不仅如此，同行公司也无意再聘任品质上有瑕疵的设计师，乔峻陷入了尴尬的境地，难以再在高端设计师圈层内有立足之地，只好找了一家三流的公司打工，由此收入锐减，也就没有按期支付抚养费和赡养费。2012 年，乔峻的母亲去世，乔峻回国奔丧。其间，乔峻与一位上海的老同事马哥聊起自己的境遇。马哥刚好在上海投资创办设计公司，业务上对接上海各高端酒店，急需乔峻这样的国际设计人才。于是他就恳切要求乔峻加入自己的新公司，乔峻答应并留在了上海。

2012 年 8 月份，乔峻意外接到意大利法院的传讯。原来雅丽因为屡次催讨乔峻支付抚养费和赡养费无果，已将他告上法庭。乔峻通过朋友急匆匆找到我，我联系到了 Z

市的温律师，共同帮助乔峻解决困境。由于拒付抚养费，根据意大利的法律，乔峰将面临严重的刑事制裁，很可能被处以有期徒刑入狱服刑。这令乔峻大为震惊，并坦言自己无法支付巨额离婚赡养费的原因是离婚后因为工作变故，收入锐减，难以承担，而不是有意不付。而新加入的中国Z市公司，是一个初创公司，目前是先投入，还未有丰厚产出。基于乔峻目前的状况，我们火速整理了一系列证据，由乔峻递交意大利法院。之后，乔峻在补交了抚养费后被判处缓刑，同时基于乔峻收入状况的明显改变，意大利法院准许适度降低乔峻需支付的离婚赡养费，但孩子的抚养费仍责令乔峻一分不少予以支付。

此后，乔峻积极筹款支付了孩子抚养费，再也不敢疏忽对待离婚后赡养费的支付义务。

## » 案后结语：

离婚赡养费是意大利离婚制度的重要内容之一。意大利是从 1970 年开始才有离婚制度。意大利宪法规定，一切宗教在法律面前平等，只要不违反法律，都有权按自己的规定建立并组织开展活动。意大利人 90% 以上都信天主教，所以天主教在意大利的影响巨大，包括婚姻在内，都受到宗教教义的约束。意大利的婚礼分为两种，一种是民政婚礼，一种是教堂婚礼。无论采用哪种形式，都是合法的，并且都需要按照婚姻法的规定办理登记。同样地，意大利的离婚条件也比较严苛，根据意大利婚姻法的规定，离婚的前提条件是进行分居，协议离婚的分居时间要求长达 3 年，法院裁判离婚的也需要3年的时间。分居期间，提出离婚的丈夫应当向妻子支付足以使得妻子保障在分居之前生活质量的离婚赡养费。2015年4月22日，意大利众议院以389票通过，28票反对和6票弃权通过离婚改革法案，即协议离婚只需要6个月分居期，而不是之前的3年，如果是法院离婚，则仍需1年的时间。

我国婚姻法律目前无离婚赡养费制度的设置，但《婚姻法》第四十二条规定："离婚时，一方生活困难，另一方应从其住房等个人财产中给予适当帮助。具体办法由双方协议；协议不成时，由人民法院判决。"根据此条规定，一方离婚后依靠个人财产和离婚时分得的财产无法维持当地基本生活水平，或者一方离婚后没有住处的，可以要求对方以房屋的居住权或者所有权作为补偿方式。

# 海归创二代择偶之困

　　温商足迹遍布全球，因而海外温商的二代们也追随着父母的脚步，或移民或留学或创业，在海外开拓着属于他们的天地。然而，在择偶上，他们依旧秉持着温州人特有的婚恋观。一项针对温州新生代海归与本土青年共 200 多人的婚恋观的调查结果显示，71% 的新生代海归对跨国婚姻持开放的态度，58% 的人接受闪婚，74% 的新生代海归支持婚前性行为和同居，但从配偶的选择现状来看，男性海归配偶均为温州人，女性的配偶除一人为华侨外其余均为温州人。由此看来，无论开放的婚姻观如何给海归们"洗脑"，他们在找配偶时的"本土化"观念依旧根深蒂固。

　　本案当事人就是这样一位海归温商创二代，跟许多富二代一样，他回乡择偶定亲，缔结良缘。然而，两个来自不同家庭背景的人结合到一起，并没有因为共同的婚姻而追求共同的事业方向，各自经营着各自的家族事业，因此，双方产生了矛盾和纠葛，从而演绎出一场难以圆满的婚姻之战。

　　我的当事人霍浩，出生在一个典型的海外创一代温商之家，父母亲在他很小的时候就去了欧洲，十多年来在意大利、荷兰、比利时、西班牙等国家辗转打拼，凭借温州人独有的经商基因和创业精神，他们积累了丰厚的家业，也树立和巩固了在海外温商中的江湖地位。霍浩在国内读完小学后，就被父母亲接到了定居国某国，在那里接受全新的国际教育。之后，父母又将霍浩送至英国伦敦完成高中和大学的学业。海外的生活让霍浩脱胎换骨，在这里，他和中国留学生们一起学习、生活，和外国朋友一起交往、交流，视野和阅历都在不断丰富。

2005 年，霍浩满 25 周岁时获得了英国某著名大学硕士学历，并在父亲经营的酒店里担任高管，负责亚洲市场的营销管理。此时的霍浩，身边不乏优秀美丽的佳人眷顾，但和大部分海外温商一样，霍浩的父母亲尽管半辈子都在国外，但对于儿子的婚事，却仍希望他能找一个 Z 市本土的儿媳。霍浩是个孝子，自小就很听从父母的安排，在婚姻大事上，尽管颇有自己的主见，但对于父母亲提出的回家相亲的建议，他倒是很认同。在他的心里，中国女人尤其是家乡 Z 市的贤惠聪颖的江南女子，远比那些国外的女人更有内蕴。故乡尽管遥远，却对他充满了未知的诱惑力。

这一年的春天，自小时候出国后，霍浩第一次回到 Z 市，而这一次回 Z 市的目的也很明确，找一个合适的女人作为终身的伴侣。经过姑婶婆姨的竞相介绍，身世优越的海归霍浩在那一个多月里见了不下 20 位妙龄女青年，平均每两天见一位，完全挑花了眼。这其中，有一位美女给他留下了不错的印象，她叫刘蕊，Z 市人，大方漂亮、独立精干。

她的父母亲创办了一家私营服饰公司，在Z市相当知名。刘蕊承继了父母的产业，并且经营有道。刘蕊有过在西班牙的留洋经历，与霍浩有着共同话题。两人交往了一个来月，相互都比较中意。但由于国外生意的需要，霍浩只能先返回荷兰。

此后，双方保持联系，霍浩又回国了几次与刘蕊相会。经过半年多的交往，两人情投意合，双方父母也表示满意。2005年11月，双方按照Z市民间风俗举行了订婚仪式。之后，霍浩带着刘蕊来到荷兰游玩。同年12月圣诞节前夕，霍浩和刘蕊在荷兰办理了结婚登记手续。婚后，刘蕊有意在国内各地发展公司的连锁品牌，并说服霍浩与她一起经营公司。霍浩答应帮助刘蕊开拓生意，遂暂时放下自己在国外的酒店生意，夫妻一起回到国内生活。第二年，两人有了可爱的儿子锐锐。

刘蕊是个很要强的女人，在国内商业圈层中也颇有一定的声望和影响力，一心想将家族产业做大做强。婚后，刘蕊看到海外市场的巨大生命力，欲逐步开拓海外市场，由于前期投入资金巨大，刘蕊自然希望丈夫霍浩帮她。霍浩也希望刘蕊的事业能逐步发展到海外，于是以自家酒店产业作为担保，帮助刘蕊公司获得了巨额银行贷款。然而，刘蕊对于国外市场并不熟悉，屡屡试水失败，投资款打了泡影。尽管霍浩一再劝阻，让她歇手，来酒店一起发展，但刘蕊并不甘心。双方经常为了各自的事业产生分歧争执，结果谁也说服不了谁，往往不欢而散。

结婚五年后，霍浩回到荷兰打理酒店生意，而刘蕊则去了法国继续开拓她的国外市场，双方渐行渐远，感情也慢慢淡薄。2011年3月，霍浩在荷兰接到W市某法院的传票，方得知自己被告了上法庭。原来刘蕊父母经营的一家公司因欠款被银行起诉，而霍浩和刘蕊是共同的担保人。霍浩这才想起之前曾数次因刘蕊要求，为以刘蕊父母名义登记的一家公司提供贷款担保。霍浩立刻联系刘蕊商讨解决办法，刘蕊称目前实在没有办法还款，只能先把夫妻婚后共同的置办的房产出卖后抵偿债务。霍浩无奈同意。此后，Z市频发民间借贷金融危机，民营企业纷纷遭受资金链断裂的重创，刘蕊娘家的产业也不例外，一夜间资产缩水，负债高达数亿。霍浩匆匆返回国内，不得不参与善后处理。几番调解诉讼纠葛下来，不但霍浩和刘蕊的房产悉数被拍卖执行，就连霍浩的酒店股权也受到牵连，惊动了霍浩在国外的父母。两家人终于坐到一起商讨解决偿债事宜，霍浩的父亲言语中训斥霍浩将事情弄到现在不可收拾的境地，刘蕊认为公公是在借机指责教训她，心有不愿，遂出言反击。此举一下子挑起了霍爸爸的气愤和恼怒，双方发生激烈争吵，事情到了这个地步，霍浩和刘蕊的夫妻情分也走到了尽头。

2011年底，霍浩和刘蕊欲在民政局协商离婚，但由于双方结婚时的婚姻登记注册在荷兰，且霍浩已拥有荷兰国籍。根据婚姻登记条例的规定，需要通过法院诉讼离婚。最终双方都各自委托了代理律师，通过法院民事诉讼程序达成离婚协议书，由法院出具了民事调解书。此时双方已经没有任何夫妻共同财产，留下的只是需要连带清偿的夫妻共同债务，还有一个年幼的儿子。儿子由霍浩带到国外抚养，刘蕊没有坚持要孩子的抚养权，她说自己还可以东山再起，只要有一线希望，她都不会放弃事业，她不能让家族产业在她手里衰败，她还在谋划再一次腾飞。

2015年正月，我意外地接到了刘蕊的电话，原来她因为之前的借贷诉讼案件上了失信名单，无法出境去看望儿子。思子心切的她跟霍浩沟通，想让霍浩把孩子抚养权变更给她，但遭到霍浩的拒绝。霍浩表示自己已经有了新的家庭，孩子在新家里非常适应也非常快乐。霍浩不愿意刘蕊再来打扰孩子。这令刘蕊心急如焚，遂让我劝说霍浩。我向霍浩转达了刘蕊的意愿，并劝说他要创造条件让孩子的妈妈见见孩子，孩子同样也需要生母的关爱。霍浩在电话里同意了。此后，刘蕊就没有再来找我，关于孩子的问题，我想她应该是得到了解决。

## » 案后结语：

本案是一起协议离婚的案例。协议离婚是指男女双方自愿解除婚姻关系，并就离婚的相关法律问题达成协议，经民政婚姻登记机关认可后使婚姻关系归于消灭的离婚方式。所谓涉外协议离婚，就是涉外婚姻关系的男女双方自愿解除婚姻，并根据《婚姻登记条例》办理相关离婚手续。相对而言，协议离婚是更经济、更便捷的离婚途径。然而，对于涉外婚姻的情形，办理协议离婚又有特别规定。根据《婚姻登记条例》第十二条规定，办理离婚登记的当事人有下列情形之一的，婚姻登记机关不予受理：1. 未达成离婚协议的；2. 属于无民事行为能力人或者限制民事行为能力人的；3. 其结婚登记不是在中国内地办理的。涉外婚姻中，有很多夫妻虽然双方当事人都是中国公民或有一方系中国公民，但其婚姻关系登记注册在中国境外或者中国香港、澳门或台湾地区，即便是双方就离婚等问题达成一致意见，其婚姻关系的解除也必须通过人民法院的诉讼程序解决，而不能在中国内地的民政部门办理离婚登记。

# 第七章
# 家族争产的风起云涌

——赢了世界，输了你

和睦的家庭空气是世界上的一种花朵，没有东西比它更温柔。人生没有东西比它更知道把一家的天性培养得坚强、正直。人生真正的幸福和快乐浸透在亲密无间的家庭关系中。

——［美国］德莱塞

我们常常说"富不过三代",这是一个财富传承的魔咒，警示着我们：资产传承从来不是一件容易的事情。近年来，许多家族豪门不断出现的"争产"新闻，引起了中外社会关注。对世代传承的家族企业来说，传承过程中既有风平浪静的平稳延续期，也有险象环生的动荡颠覆期。危机往往不可预见，有时比家族预想之中来得更快。传承是家族企业最脆弱的时刻，需要家族的远见规划和应变能力，而不幸的是，只有少数家族能在意料之外的跌宕起伏和兴衰成败中力克逆境，延续家业常青之路。

国内社会的家庭仍以父母为纲，亲情被放在关键的位置，延续血脉是核心的价值。而企业方面，无论创业、经营或管理，均以家族福祉为依归。虽然不少家族企业亦会让"外姓"的专业人士加入管理，但家族控股及集权的模式则甚少改变，"控制权与管理权分开"此模式很少在国内家族企业中落实。在继承方面，仍强调传子不传女，父母仍有"重男轻女"观念。正因如此，当子女发现个人利益在分产时受损，或觉得有欠公平，因其家族观念相对薄弱，自然较不愿意为家族和谐而忍气吞声，加上若他们怀疑有人从中作梗，或忽然出现一份"神秘遗嘱"，在欠缺当事人或权威人士的调停确认下，只有采取"打官司"的手段讨公道了，在争夺财产的过程中，往往是亲情丧失、妻离子散、家庭破裂。

# 亲生母女缘何对簿公堂

在我曾经遇到的当事人之中，林女士可以说是一位能力卓越的女强人，她在西班牙有属于自己的餐馆，且声名远播。林女士是家里的独生女，在父母离异之后，早年被母亲送往了国外开餐馆，当时年轻的她独自在异国闯出了自己的一方天地，十分不易。但20多年过去后，这位已年过五旬的林女士却做了一件非常荒唐的事情——将自己年迈的亲生母亲告上了法庭。原来林女士将辛苦打拼赚来的3000万元资产都放在母亲名下，如今想要将这些资产拿回来的时候，却遭遇种种阻碍，最后不得不与生母对簿公堂。

林女士是我的一位当事人，50多岁的她看起来两鬓斑白，比实际年龄显得苍老。林女士是家里的独生女，20多年前，他们家在当地开了家不小的酒楼，还年轻的她当时就在酒楼里帮忙。后来，林女士的父母因为性格不合离婚，两人离婚的时候将酒楼变卖，各自分得了一份财产，随后父亲赴外地生活，林女士选择了留在母亲身边。

偌大的酒楼卖出后，想继续在当地重操旧业已不太可能，林女士的母亲便拿着自己分得的一半财产毅然送女儿

189

远赴国外开餐馆。初到异地的林女士虽然非常孤独，但靠着曾经在酒楼工作的经验和一颗不怕苦不怕累的心，将餐馆做得有声有色，很快就在当地站稳了脚跟。异乡总是很容易生出情愫，林女士在异国不久就俘获了一名华侨男子的心，在男子的追求下，两个异乡人很快就走到了一起，随后情意正浓的两人举办了婚礼。

看到林女士已经有了一个好归宿，林女士的母亲也随后嫁给了第二任丈夫。林女士便邀请母亲和继父一起到西班牙游玩，两人欣然前往。继父是一个充满了书卷气息的儒雅男人，在国外的一段时间相处下来，看到继父对母亲是真好，林女士也为母亲感到高兴，和这位继父也培养了不错的关系。此后，林女士与继父一直保持着联系，逢年过节都会挑选礼物送给国内的母亲和继父，继父也给她写过几张明信片。后来，林女士的继父和母亲共同生活了20多年。不料继父一日染病倒下后没有再起来，溘然逝去。林女士的母亲之后未再嫁。

转眼间，林女士也到了50多岁的年纪，她在国外的四个孩子全都长大成人，而母亲已然年迈。正巧由于市政规划，国内母亲名下的房子被规划在了拆迁范围之内，想着自己的四个孩子将来在很多地方都要用钱，林女士便抽空回到了国内，打算将母亲的房产直接过户到自己儿女名下。但，此时却出现了问题。

原来继父在前一段婚史中也有过子女，他的子女在父母离异后就跟着前妻一起生活。林女士的母亲要将房产过户到林女士一人名下，就必须要继父的子女到场签字表示放弃继承才能行。得知此事的林女士只好找到继父的子女们说明原委。她告诉继父的子女们，母亲名下的房产以及银行账户中的1500万元资产，实际上都是她在荷兰这二十几年辛辛苦苦打拼赚来的。林女士的话也得到了林女士的母亲的确认，可继父的子女们并不认同林女士的说法，他们认为林女士的母亲名下的那些房产和银行存款，都是在与他们的父亲在婚姻内得来的，应该属于他们两人的夫妻共有财产，子女对于父亲的遗产是有继承权利的，怎么可能凭着林女士三两句话就放弃呢？

　　本以为事情会顺利办妥的林女士，为处理好这件事只得留在国内。在这期间，林女士提出可以支付他们一定的费用来放弃继承权，可是双方最后还是未能达成一致的意见，林女士只得作罢。眼看双方僵持不下，年迈的母亲对此也有些恼怒，心想女儿的钱只是放在自己这里，自己还给她，哪里要讲这么多道理？那几个孩子在他们父亲在世的时候也没有尽什么孝心，如今人都走了又来争本来不属于自己的财产，真是笑话！绝不能将这些钱分给他们。母亲便让林女士状告自己。这笔财产本来就是自己女儿的，而原告和被告都是"自己人"，这场官司想胜诉应该是很容易的。这样一来，林女士的那些兄弟姐妹们争夺的遗产没有了，他们也就无从下手了。状告自己的母亲？林女士从来没听说过这种事情，但眼下的情形好像已经没有更好的办法了。万般无奈之下，林女士只好将已经70多岁的母亲告上了法庭，要求法院将房产判给自己。只要能够将这些财产的归属权直接判到她的手上，那么一切问题就都解决了。

　　然而计划赶不上变化，这场诉讼一如既往地跑偏了方向，法院受理了林女士状告自己年迈老母亲这件罕见的案件后，继父的几个子女也纷纷以第三人的名义要求参与到诉讼中。这场状告母亲的诉讼也开始变得无休无止。接着继父的子女们又以继承遗产之诉，在法庭要求判决得到自己父亲遗产的分割权利。两场诉讼下来，双方家庭势同水火，本来虽无血缘关系，但亦有来往的兄弟姐妹此时已经不限于法庭上的大战，更扬言要去公安状告林女士与母亲合谋进行虚假诉讼，企图转移财产。

　　就在事情不可开交的时候，忧虑万分的林女士找到了我，希望我能帮忙解决这件事情。接受委托之后，了解原委的我又细细询问了林女士一些问题，最后在继父寄给林女士的明信片中发现了一些关键性文字。明信片是林女士诞下星星和月月这对龙凤胎后收到的，其中写着"钱财乃身外之物，汝辛苦操持所获资产实属不易，现均在汝母亲名下，尽可安心。他日吾与你母亲归西，汝要将这些资产安排妥当交由星星、月月他们来好好承继发扬……"从这些信件中反映出了一个事实，林女士母亲名下的房产和存款的来源确实是出自林女士处，而对于这一情况继父是完全知情的，在信中也明确表示了这些资产今后可由林女士的孩子们去继承。我们将这些资料交到了法院，通过双方律师和法院多番协调工作，林女士的兄弟姐妹们终于理解了林女士，并表示愿意放弃对父亲遗产的继承权。林女士虽然胜诉，但也拿出了部分款项给予了她的这些兄弟姐妹作为补偿。这场纠缠不清的事件终于得到了圆满的解决，但状告母亲这件事却已经无法改变，林女士对此感到非常后悔。

» **案后结语：**

　　本案是典型的资产代持引发的风险，林女士是独生女，因此将自己辛苦多年赚来的钱以及放在房产中的投资放在了母亲名下，这种行为在民间是比较常见的，作为资产所有人的林女士认为作为代持人的母亲是自己十分信任的至亲，忠诚度十分高，肯定不会出现问题。但为何导致了林女士状告了自己母亲呢？

　　实际上，资产代持有以下几点法律风险：（1）代持人意外死亡风险：该笔资产很可能会变成代持人的遗产，会面临其他继承人要求继承该笔资产的重大风险；（2）代持人婚姻风险：如代持人的婚姻出现分裂，其配偶要求主张这部分代持的资产为夫妻共同财产，那么也会面临着代持人的配偶要求分割该笔资产的法律风险；（3）代持人可能出现挪用或转移资产的风险、债务风险等，都会给选择代持的资产带来巨大的安全隐患；（4）假设代持人最终如数交还资产，但是在税法意义上"交还"的过程视同"交易"，仍然面临着被征税的问题。因此，完全依赖个人信用将资产交由他人代持的金融资产配置方案，难以得到法律的保障。

第七章　家族争产的风起云涌

# 遗嘱缺失下的亲情考验

随着经济社会的发展，越来越多的人开始积累自己的财富，而伴随财富积累而来的是因为离婚等原因导致的财产分割风险。于是，有人开始选择将自己的一部分资产放在最亲密的人名下来躲避这些风险，却殊不知这种资产代持的行为在规避掉一部分风险的同时，又产生了其他的风险。

媛芳是我认识的一位女强人，她叱咤商海，同时在上海和深圳有着自己声名远扬的设计公司，然而这位女强人却遇到了一个难题。媛芳找到我的时候，虽然表面上依然保持着久经商海的沉着冷静，但仍然不掩一丝憔悴。在听完来意后，才知道她是为了父亲留下的遗产而苦恼，本来她花钱投资买在父亲名下的财产应该归自己一人继承，结果突然出现的一众亲戚也享有父亲名下遗产的继承权。这让她困惑不已，便找到了我道出自己的不解之处。在我用继承法为媛芳解释了亲属们拥有其父遗产继承权的原因之后，她才恍然大悟，同时也在叹息：原来在巨额财富的诱惑面前，人性往往经不起考验。

媛芳出生于一个缺少母爱的家庭，父亲是一位铁骨铮铮的军人，而贤良淑惠的母亲却在她出生不到一年就发生意外身亡，父亲非常爱她的母亲，之后也终身未娶。身为军人的父亲对媛芳自小就非常疼爱，对女儿的学习、成长等都照顾得无微不至。在父亲工作繁忙的时候，早年丧偶的奶奶也代替了母亲的位置，悉心照顾着媛芳，弥补她失去的母爱。媛芳自小就非常依赖父亲，父女之间的感情可以说是亲密无间，而在作为军人的父亲身边成长的媛芳，她养成了非常要强的性格。

小时候的媛芳不仅学习优秀，而且有美术天赋。时光流转，到了18岁的她在美术绘画方面已经颇有造诣，在千军万马的高考中，媛芳脱颖而出，如愿考上了一所国内名牌大学的广告策划专业，并在毕业后的求职大军里披荆斩棘，进入了一家广告公司。初入职场的媛芳凭借着一股不服输的劲头，敢想敢拼，很快在事业上闯出一片天地。后来她凭借着积累的经验，拿着父亲给她的资金成功创业，除了在国内拥有了两家自己的设计公司，她自创的广告公司的品牌享誉全国，甚至在海外都颇有声望。

在事业丰收的同时，媛芳的爱情形势看起来也是一片大好。一次同学聚会上，媛芳碰到了意气风发的梁生。聚会上梁生西装革履。在两人相谈中，媛芳得知梁生如今有声有色地打理着家族的房地产事业。梁生从前本就喜欢媛芳，看到媛芳依然如以前一般优秀和美丽，倾心不已。梁生便对媛芳展开了强大攻势。功夫不负有心人，两人终成情侣。媛芳在工作上是一个典型的女强人，虽然两人确定

195

第七章 家族争产的风起云涌

了恋爱关系，但她依然为了自己的事业而不断打拼，很少陪伴梁生。恋爱中的人是盲目的，当时的梁生看到刘芳这种要强的样子，只觉得这位"巾帼不让须眉"的佳人正是最适合自己的终身伴侣，对媛芳更加呵护备至。

两人相处一年多后，在一个浪漫的情人节里，梁生借着迷人的夜色向媛芳求婚了。想到梁生家大业大，如果嫁给他后能得到他的支持，自己的事业肯定会蒸蒸日上，媛芳欣然接受了梁生的求婚。结婚后的梁生和媛芳并没有像旁人想象的那么幸福。梁生希望媛芳能开始将重心从事业转向家庭。但事与愿违，每天回家的梁生面对的只有空荡荡的房间。此时的梁生与媛芳的激情开始退却，剩下的是越来越多的寂寞与无奈。

2003 年，媛芳凭着对商机的敏锐直觉将辛苦赚到的钱投入房产之中。当时的媛芳与梁生已经是聚少离多，虽偶有相聚，但不是在大吵就是在冷战，两人关系降至了冰点。媛芳在和父亲商量后，瞒着梁生将房产都登记在了父亲名下，这样闹到和梁生离婚的地步时她还能保住房产。父亲和媛芳有 20 多年的深厚感情，且媛芳是父亲唯一的宝贝女儿，在父亲名下的房子将来也应该是很安全地由媛芳继承，想到这些的父女两人在购买房产后，并没有想到要签下一份协议，这个疏忽也让后来的媛芳懊悔不已。之后的房价像坐上火箭般直线上升数倍，当初总额才 200 来万元的房产，价值居然翻了数倍超过 1000 万元！梁生终于无法忍受这貌合神离的夫妻状态，提出与媛芳结束这段婚姻。两人没有孩子，很快就拟好了离婚协议，伤心不已的梁生远赴德国。

天有不测风云，人有旦夕祸福。在2015年9月一个秋风萧瑟的日子里，媛芳的父亲终究还是未能敌过病魔的侵袭而撒手人寰。怀着万分悲痛的心情，媛芳办理了父亲的后事。不料奶奶承受不住白发人送黑发人的打击，本就虚弱不堪的身体加上过度悲伤的情绪，半年后也随之而去。一年内相继失去了两位至亲之人，任媛芳是在商海如何叱咤的女强人也不免意志有些消沉。办理完奶奶的后事之后，媛芳想到父亲那里还有自己投资的房产，便打算接下来将这份房产转移到自己的名下。这时姑姑的电话却不期而至……

媛芳从姑姑的电话中意外得知姑姑竟然要继承父亲的一部分的遗产。她抱着怀疑的态度到房管局咨询，却得到更意外的回复，除了姑姑有权利获得父亲的一部分遗产之外，患有老年失智的大伯也有同样的权利，而由于他属于无民事行为能力人员，他的权利由其三个子女来享有。也就是说，媛芳要想过户继承父亲名下的房产，不仅要得到她姑姑的签字同意，还必须得到作为大伯代理人的三个子女签字。缺了这中间任何一个人放弃继承权的签字，媛芳都不能成为唯一继承人拿到房产。

媛芳的堂兄妹得知消息后，要求她将那部分遗产分出来，姑姑在不久后也回到了阔别的故土，打算拿到那份"属于自己"的遗产。想到这些房产都是自己辛苦的收获，平时自己精打细算才赚到的钱，现在要分出几百万，给这些分文未出、毫力未尽的亲戚们，媛芳觉得不可思议，也就没有做出任何的退让。如此一来，从前还顾念亲情的家族成员之间的关系变得剑拔弩张，双方争吵不休。此时的媛芳对当初的决定开始懊恼不已。

媛芳无法理解这里面的问题，当她坐到我跟前时，失去了往日商海中的睿智风采，充满了焦虑。我向她分析，为什么媛芳女士作为独生子女，无法顺利继承父亲的遗产。这是因为，由于父亲去世早于奶奶，根据我们国家的继承法规定，奶奶和媛芳均是父亲的第一顺序继承人，也就是说奶奶和媛芳各继承父亲的一半财产。然后，奶奶继承的份额由奶奶的所有子女继承，包括媛芳的父亲，同时父亲的兄弟姐妹跟媛芳的父亲一样，均对奶奶的这部分份额享有同等份额的继承权。这样一来媛芳于这里面的份额只有65%。媛芳当初的目的是想把房产登记在父亲名下，自己作为独生子女可以安全继承，但是没有想到在继承问题上遭遇如此巨大的麻烦，而且很有可能将被分去财产。

听完我的解答，媛芳沉思片刻后，表示对事态的理解和接受，当她起身离开的时候，她说了一句："叶律师，在利益面前，亲情也经不起考验。"

## » 案后结语：

本案除了是一起独生子女的遗产继承问题，实际上也揭示了资产代持的法津风险，资产代持是指家族成员不直接持有家庭财富，而将公司的股权、不动产、金融资产等委托他人代持，并且财富的管理也以他人的名义代为安排。资产代持因为其隐秘性和灵活性，在高净值、企业家人群中被大量使用，但这种代持的行为存在着诸多风险。在资产代持的风险中，最主要的就是代持人的忠诚问题以及法律风险。代持人一般都是资产本来的持有者最亲近之人，而本案中的媛芳与她的父亲就是如此，但为何最后媛芳的财产还是出现了被分割的风险呢？究其原因，还是忽略了法律风险。媛芳的父亲虽然只有一个女儿，但父亲之上还有高堂在世，而由于两位至亲之人去世的时间先后问题，让后续的遗产继承问题变得"失控"。独生子女从父母那里继承财产，并不像我们想象的那么简单。这里面的法律关系，往往被人们所忽视。针对这一问题，建议父母提前设立遗嘱，将方方面面的问题，用遗嘱进行安排。

第七章　家族争产的风起云涌

# 前妻的绝地反击

他拿起电话，拨通了那串既熟悉又陌生的号码，嘟了几声后，电话那头冷不丁地嘲讽几句，但此刻对他来说已经不重要了。他阴沉的脸，终于说出了憋在心里很久的话，对方没有任何回应，电话便挂断了。回到房间看到熟睡的孩子们，他心里充满了愧疚。他认为自己不是一个好儿子，也不是一个好丈夫，更不是一个好父亲。夫妻分居两年，孩子住宿学校，这个家没有一点温暖。最初的时候，他的妻子也是深爱着他，一直为他付出。但在长期的婚姻里，他总是忽略了妻儿的感受，追逐着自己的梦想。他们各自忙碌自己的事业，那些夫妻情分，就这样在这些冰冷中磨灭了。

林先生是当地的一名官员，平日里忙里忙外，奔波于县城的大街小巷，好像总有忙不完的事情。出生在普通家庭，没有任何背景的他，奋发努力，为了让家人过上更好的生活，他不分昼夜地学习钻研，果然不负众望，顺利考上了公务员。他靠着一己之力造就了现在的自己，面对大城市的高薪工作与发展，他毅然决然地回到生他养他的那片土地。由于没有任何背景和经验,他必须从最基层做起,即使官职再小,工作再忙,也都心甘情愿。

一切都有条不紊地进行着,转眼到了适婚年龄的他在家人的安排下相亲认识了吴女士,也就是他的前妻。仿佛冥冥之中缘分早已注定,两人相识不到两周便闪电结婚。在那个时候没有婚纱,没有戒指也没有旅行蜜月,但是两人却是真心实意在一起。结婚第三年后,第二个孩子也出生了,儿女双全的他们,在外人看来他们幸福的日子才刚刚开始,但是在看不见的地方,这两人却是过着互不打扰的状态。林先生夫妇都是属于事业心比较强的人,吴女士在当地银行上班,平时事情不是很多,但是也会出现经常加班的情况。这样一来两人交流的时间就越来越少。每天仅有的业余时间,巴不得都用来休息。表面上都是为彼此着想,其实是无话可说。很多时候能够为他人处理一桩桩事情,而到了自己这里却无人指点迷津,也就渐渐忽视了身边人的感受。

时光荏苒,一转眼孩子们也都长大,原本平平淡淡的生活却因林母病逝而被打破,失去至亲是人生最大的悲痛,而父亲因为患有老年痴呆症,无人照料,深思熟虑之后,他们将林父送往养老院养老。当你在生活的鸡毛蒜皮里浸泡,在婚姻的油腻和琐碎里忽然感到疲惫,或者它让你顿时生出失望时,婚姻也就成了一方的负担。夫妻两人会经常因为家庭的琐事闹得不可开交,一气之下,吴女士便搬回娘家居住,一连几个月都没有再回来。很多时候,婚姻经得起生死的考验,唯独忍受不了平淡,这些不幸的婚姻,

201

第七章 家族争产的风起云涌

正在催生着多少不幸福的人生，但没有哪一个人会永远匍匐在不幸福的角落里自怨自艾。在他们的婚姻里，当爱一点点消逝后，积累下来的就是更多的伤害，这让他们看不到婚姻的未来，于是分开便成了他们之间最终的宿命。

两个月后，林先生和吴女士和平离婚，结束了这段疲惫不堪的婚姻。由于双方也没有共同的财产，对子女的抚养义务也达成了一致意见。我作为林先生的离婚代理律师，在办理这个再简单不过的案件的时候，却发现了背后隐藏着的巨大的风险隐患。

出于严谨的工作态度和对当事人高度负责的态度，我们需要为当事人整理出一份笔录，当谈到林先生父母财产情况时，意外得知他父母在村里有三套拆迁安置房，两套已经现房安置，另外一套货币安置，拿到补偿款 300 多万元，补偿款存在他父亲的账户上，并且买了一些理财产品。此时问题就出现了，林先生作为家里唯一的儿子，也承担起赡养父母的责任，那么父母的财产理应由他继承。但是早期由于林先生夫妻俩的关系不好，所以其父母就考虑暂时不分家产，但也没有想过立遗嘱。可是到如今，林先生母亲已亡故，父亲已经失智，更没有办法立遗嘱对其名下的财产进行处理规划，所以现在摆在眼前的就是两人离婚后，父母遗产的分割问题。

根据我国《婚姻法》与《继承法》规定："继承从继承人死亡时开始。"所以，林先生的母亲亡故的时候，继承已经开始，只是还没有实际分割遗产。而当时夫妻两人还处于婚姻存续期，因此遗产继承所得是属于夫妻的共同财产。

即使是在两人离婚后，只要林先生对这部分遗产进行法定继承，实际分割遗产的时候，那么他的前妻仍然可以起诉要求参与共同分割。

除非在两种情况下，林先生的前妻将不具备继承共有遗产的权利。第一种情形是林先生的母亲在世的时候，将财产赠予林先生个人，或者立下遗嘱，明确遗产由林先生个人继承，从而排除儿媳妇的共有权；第二种情形是，林先生放弃遗产继承，那么前妻也就无法取得共有。然而，第一种情形，林先生的母亲已经去世，已经无法补救身前赠予或者立遗嘱。第二种情形，林先生如果放弃继承，恐怕也不太现实。这样一来，事情就更加复杂了。林先生知悉此情后，非常焦虑。

果不其然，几天后，林先生的前妻就带着她的律师找上门，要求分割林先生母亲的遗产。双方遂又坐下来进行谈判。几经周旋，林先生同意给予一定份额的折价补偿，才总算把损失降到最低。林先生对此非常懊恼，但也无可奈何，如果提前让父母立好遗嘱，风险就能避免。

》 **案后结语：**

1. 离婚财产分割问题。很多父母不愿意早早地把财产分配给子女，这自然是理性的做法。但是我们发现，父母把财产牢牢地抓在手里，仍然也是有风险，因为你只是把财产掌控了，你没有把身体健康状况的风险考虑在内，一旦父母疾病，或者去世，导致无法表达自己的意志，那么父母的财产就要被法律规定的继承人分割。所以，父母在控制财产的时候，一定要对资产最好提前筹划，立遗嘱就是一个非常有必要的有效的传承方式。

2. 离婚事件引发的思考。在这个快速的时代，人们对于感情好像也瞬间失去了应有的耐性。一切都以"快"字达成，再也没有像以前那样谈恋爱要谈个三五年，在交往中细致详细地了解对方，待感情成熟后再考虑走入婚姻这段关系的。现在的人，对于感情只是追求快速，"闪恋""闪婚""闪离"也相继出现了。爱情，怎么可以经得起"闪"？在笔者看来，感情更需要经过时间的熬制，在感情上急不来，急于求成的心态，未必会收获到真感情。而当婚姻关系出现问题时，静下心来，反思自己，找出婚姻失败的原因，和伴侣好好沟通，说不定就有扭转的局面。婚姻真的需要用心经营。

# 我的资产传承之困

　　2017年7月1日，是香港回归20周年的纪念日，也是内地实施《非居民金融账户涉税信息尽职调查管理办法》（以下简称《管理办法》）的第一天。从这一天起，CRS（Common Reporting Standard，中译"共同申报准则"）所代表的全球征税透明化制度将以法律的形式在内地正式落地。

　　OECD（经合组织）推出CRS制度的初衷是旨在提升各国税收透明度和打击跨境逃税行为。目前共有100多个国家（地区）承诺参与CRS，涵盖了几乎所有的发达经济体，以及全球主要"离岸避税地"和"洗钱中心"。而为了反避税，经合组织还专门成立了一个举报平台，任何人都可以在其官方网站举报揭发坊间流传的各种规避方案、产品和架构，令那些试图规避CRS制度的做法无所遁形。

　　在这样一个全世界主要国家均积极参与打击跨境逃税的大浪潮下，各类金融资产将在各国的信息自动交换机制下无所遁形，全球征税透明化已是大势所趋。对于海内外高净值客户来说，想要规避CRS带来的影响，继续在海内外"藏钱"和"避税"，已经成为一个伪命题。所以在这样的新形势下，作为高净值客户，应该破除过去隐匿财富和逃避征税的错误理念，将应对 CRS 的举措置于收入来源合法、依法纳税的前提下，并以 CRS 制度为背景，做好金融资产的保护与传承规划。

季总是一位杰出的海外华人商业侨领，也是我律所多年来的老客户。季总每次回国，但凡有法律上的事情，总是第一时间来找我们律所，律所同仁对他的睿智大气都很佩服。20 多年前，季总独自前往国外创业，从事餐饮事业。凭着灵活的商业头脑和吃苦耐劳的精神，经过十来年的艰辛打拼，季总拥有了自己的中餐馆。其间，季总将国内的妻子和儿子相继接到了国外，并且夫妻俩生下了第二个儿子。辛苦了半辈子，季总的餐饮事业在国外发展成为资产几千万欧元的餐饮集团，其个人也积累了不菲的身家，在海内外都购置了不少不动产、古玩字画等资产。

两个儿子成年后，相继跟随季总打理家族企业，也是事业有成。前几年，季总积极响应国内政策，让妻子和大儿子留守国外，带着小儿子回到家兴投资发展高端餐饮业务。由于季总经营理念先进，他的事业也是蒸蒸日上。随着季总年龄的增长，他开始考虑两个儿子的接班问题，同时也为了让自己老两口未来养老有所保障，在中国和他所定居的某国都购买了上百万美金的人寿保险。另外，最重要的是，他还准备做海外家族信托。但他最近听说 CRS 制度将在全球实施，开始担心自己的家族资产是否会面临重大风险，再做家族信托是否还有必要。于是，他找到我寻求应对办法。

季总这次的求助不同以往，以往均是商业方面的法律服务，而这一次，他真正需求的家族财富的保障和传承，鉴于他的资产配置全球化的状况以及由此引发的顾虑，我向他说明，CRS制度实施所带来的实质性风险，其实是对某些收入来源不明以及资金出入境不合规的人士而言的，季总及其家族的财富积累过程，均是按照资产所在国的法律合法经营所得，其全球资产配置的资金亦是通过合法途径流动的。所以CRS制度实施后，季总其家族财富并不会面临行政责任或是刑事责任层面上的法律风险。

既然季总家族的财富并不存在上述法律风险，那是否就意味着他不必进行规划了呢？答案是否定的。因为CRS的本质是税收征收的问题，中国、法国等国家和中国香港地区的征税制度存在着不小的差异，不同的资产配置会令季总的家族财富面临不同的税费负担。而更重要的是，在CRS全球征税透明化的形势下，不对家族财富传承做出科学、合理的安排，会令财富在传承过程中面临缩水、流失的风险。

在CRS制度背景下，我为季总的金融资产传承做了相应的法律筹划和法律建议，并得到了季总的赞同和采纳。

首先，关于季总及其家人的税收居民身份。按照中国相关税法和他所在的某国税法对税务居民的规定，季总本人及次子既具备中国税收居民身份，也具备某国税收居民身份，季总的妻子与长子具备某国税收居民身份。

其次，关于季总家族涉及的金融资产被披露的可能性。按照CRS金融账户信息披露的规则，季总名下的不动产、古玩字画不属于金融资产，故相关信息不会被披露。而季总与家人名下的银行存款、人寿保险，以及将来需要设立的家族信托，都属于金融资产，且投资数额都超过100万美元，故按照CRS规定都是首批披露的对象。

所以，季总目前面临的首要问题是要根据现有金融资产配置情况和资产所在国的税收法律规定情况选择好税收居民身份，比如以某国目前33%的企业所得税税率、50.2%个人所得税税率以及最高45%的遗产税税率这样高的税务负担，季总还是比较适合放弃某国税收居民身份，转而选择中国税收居民的身份，以便合理地节税。

然后是结合身份定位后的税收居民国家法律进行金融资产传承法律筹划。比如对大额保单进行梳理，确定相关受益人或者设置保险金信托。而其他非金融资产的传承，季总也不应予以忽视，因为在季总百年后，相关资产的继承还是可能会涉及遗产税的问题，必须早做安排。

至于季总担心的海外家族信托问题，其实并不需要有所顾虑。因为在境外成立信托，目的往往不是单一的，而是多重的。设立海外家族信托，一方面可以达到债务隔离、家庭和企业资产隔离的目的；另一方面也可以绕过境内外继承所造成的法定障碍，比如说中国法定继承或者遗嘱继承都面临着继承权公证这样的麻烦，而信托就可以绕过继承的一些法定障碍和成本，而直接给到指定的受益人。从设立目的上来讲，海外家族信托有它的优越性，所以不能因为CRS的执行就不做信托了。客观地讲，CRS的执行会击穿海外家族信托的信息，如果所信托的委托人是中国公民身份的话，那么即使在离岸地成立信托，银行开户的时候，以及信托公司都是面临着信息交换和披露的问题。所以对于像季总这样信托资产都是合法来源，那么即使家族信托信息被交换了，也不用有任何的担心。

事实上，CRS 的执行有可能对于部分没做规划的人士来说是风险，而对于正视 CRS 带来的影响并预先做好规划的高客来说，不失为一个家族财富传承规划的良好契机。

当我为季总做了以上筹划之后，他相当满意，转而又推荐了企业家王女士因类似问题寻求法律帮助。王女士同样也具有国际化身份，遇到的疑问情形也非常典型。

王女士拥有中国国籍，长期在国内生活和经营，其间赴香港购买了两项投资型保险，一项年金险，一项是人寿保险，投资额总计超过 2000 万元港币。2008—2009 年间，王女士又先后以个人名义在香港购买了多栋房产，同时，还以个人独资形式在香港设立公司购置了一辆私人飞机。王女士非常关心的是，她如此巨额的财产是否会面临被披露和交换给中国税务机关？对此，我向王女士解析道，首先,香港系承诺遵守 CRS 的地区。根据中国法律及香港规定，可以判断王女士系中国税收居民，香港的非税收居民。对于王女士的上述诸多资产是否都会被香港税务机关披露并交换给中国税务机关呢？事实上，CRS 适用于在金融机构开设的金融账户，金融机构涵盖了特定的保险机构，其相应开设的账户包括有现金解约价值的保险业务和年金业务，因此王女士所购买的投资型年金保险和人寿保险将由香港税务机关披露给中国税务机关。且基于王女士的投资数超

第七章　家族争产的风起云涌

过 100 万元美金，将会是首批被披露的对象。其次，王女士在港投资的房产、私人飞机这类不动产，因不属于金融资产，而避免了被披露的风险。但值得注意的是，王女士购买的私人飞机系通过设立公司而购买的，该项资产系公司资产。王女士的个人资产及公司资产的信息仍旧可能会被香港税务机关与中国税务机关交换。

## 》 案后结语：

在 CRS 法律框架下，进行全球化资产配置的高净值客户及其家庭成员的婚姻规划、家族企业接班以及财富传承都将面临不同以注的复杂形势。很多高净值客户，在面临着金融账户被披露的风险后，会考虑预先将资产通过赠予、代持、家族成员分配、遗嘱继承等方式来做资产的处置，这将涉及婚姻资产、家族资产的权属性质改变，也将涉及财富传承的安排。因此，这不单单是资产披露所涉及的税务方面的考虑，也将会造成资产处置和传承的连锁反应。

# 根与翅膀的终极保障

"我们希望有两份永久的遗产能够留给我们的孩子。一个是根，另一个是翅膀。"

——著名作家小霍丁·卡特

近年来，随着中国经济的发展，高净值人群的数量日益增加，家族财富保障和传承越来越为他们关注，并成为他们的现实需求。2017 年 6 月 20 日，由招商银行联合贝恩公司第五次发布的《2017 中国私人财富报告》数据显示，2016 年，中国个人持有的可投资资产总体规模达到 165 万亿人民币，可投资资产 1000 万人民币以上的中国高净值人士的数量达到 158 万人，2014—2016 年年平均复合增长率达到 21%，中国高净值人群正以每年接近 GDP 增速两倍的增长率在成长，整体规模处于快速增长期。

与此同时，随着改革开放成长起来的第一代民营企业家正逐渐老去，很多家族企业目前正处在财富交接的关口，财富传承日趋紧迫。在未来 5 ～ 10 年内，全国有 300 多万家民营企业将面临企业传承问题。根据《2014 胡润全球富

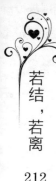

豪榜》显示 10 亿美元以上级别的华人富豪平均年龄为 59 岁，中国千万以上的富豪已经超过 109 万人。中国民生银行与胡润百富联合发布《2014—2015 中国超高净值人群需求调研报告》，中国超高净值人群总计资产规模约 31 万亿元，平均资产规模 18.2 亿元，平均年龄 51 岁，同时，报告称，近七成超级富豪们面临家族传承问题，48% 的超高净值人群希望子女未来参与家族企业的实际控制和经营。

很显然，很多企业主和家庭已经开始从"创富"阶段过渡到"守富"及"传富"阶段。家族企业的接班人问题、创富一代自身的身体、品质和婚姻状况对企业未来走向的影响、财富的保值增值与分配；二代的婚姻风险、人身意外风险乃至接班、转型与发展问题；更远到三代的身心健康、教育、家族精神传承等。如何稳妥有效地"传富"，正成为高净值人群焦虑的并迫切需要找出答案的问题。

我的当事人周总，经营着一家电器企业，经历商海沉浮的 20 多年，他一手将一家不知名的小厂运营成为一家跨国企业，时年 50 岁的周总，已然是功成名就。周总早年只顾打拼事业，极少过问家事，前妻在多年的冷落中受尽煎熬，最终带着儿子离他而去。周总离异多年，习惯了孤身的生活。儿子高中毕业的时候，周总和前妻一起参加儿子的毕业典礼。前妻仍孑然一身，周总发现她老多了，鬓容憔悴，周总心里突然有了一些些的愧疚。

周总很快娶了第二任太太，第二任太太早在大学毕业就在他公司工作了，将近五年的共事，当时周总并没有太注意她。当他意识到需要找一个妻子的时候，周总发现没有人比她更合适了。周总在 50 岁的时候，娶了这位 28 岁的太太。太太整比他年轻了 22 岁。一年多后，周总生了第二个儿子，也算老来得子。这时候，周总的企业资产上亿，并在新三板挂牌上市。

有一次，周总在生意上碰到一个不太靠谱的合作方，一家服装企业的老板赵先生。后来，他的一位好友告诉他，这位赵先生是依靠着妻子获得这家企业的财富。原来，这家服装公司的前任老板姓高，老高也是老夫少妻的情形，老高不幸因病去世，就留下年轻的妻子和年幼的儿子继承了全部的资产。妻子后来就改嫁了这位赵先生，赵先生原本就是这家服装企业的高管，这样一来，他就顺理成章地成为这家企业的掌门人。

周总听了这个故事，再对照自身的情形，想到自己不到 30 岁的妻子和一岁的儿子，自己整天在外奔波，风险也大。他惊出了一身冷汗。周总找到我说："叶律师，我需要赶紧先立个遗嘱，把财产都留给我的两个儿子。"然而，我提醒他，万一周总因故去世，长子还没能接班，幼子还未成年，而妻子仍然是儿子的法定监护人。到时留给儿子的资产仍然是妻子来监管，同样无法避免财富的流失。

我首先给周总讲述了法律的规定，我国《继承法》第六条规定："无行为能力人的继承权、受遗赠权，由他的法定代理人代为行使。限制行为能力人的继承权、受遗赠权，由他的法定代理人代为行使，或者征得法定代理人同意后行使。"即将实施的《民法总则》（2017 年 10 月 1 日实施）

第二十七条规定："父母是未成年子女的监护人。未成年人的父母已经死亡或者没有监护能力的，由下列有监护能力的人按顺序担任监护人:(一)祖父母、外祖父母;(二)兄、姐;(三)其他愿意担任监护人的个人或者组织，但是须经未成年人住所地的居民委员会、村民委员会或者民政部门同意。"第十七条规定："十八周岁以上的自然人为成年人。不满十八周岁的自然人为未成年人。"第十九条规定："八周岁以上的未成年人为限制民事行为能力人，实施民事法律行为由其法定代理人代理或者经其法定代理人同意、追认……"第二十条规定："不满八周岁的未成年人为无民事行为能力人，由其法定代理人代理实施民事法律行为。"这些列举的一大堆法律法规，总结起来就是一句话——未成年人去继承一大笔遗产，不仅困难重重，而且即使遗产到手，也很难保证财富不会流失。这里面很可能会涉及这样一些问题:

### 1. 监护人之争

未成年子女继承财产之前，往往都会引发监护人之争，到底谁是孩子的监护人，是母亲，是祖父母，是同胞兄弟姐妹，这个时候，因为牵涉到谁争取到孩子的监护权，谁就能取得财产的掌控权，所以，对于监护人身份资格的认定往往会引发诉讼。监护人之争的案件，将直接导致继承搁浅，遗产被冻结。在长达数年的官司中，财产无法发挥效用，等到真正可以分割的时候，财产往往大大贬值缩水。

### 2. 父母生前没有说明账户密码

有些案件，由于父母生前没有交代银行账户密码，未成年人子女甚至连父母有哪些遗产都不知道，更谈不上去继承。就算知道了，银行因为无法确定继承人是否为唯一权利人时，究竟被继承人是不是还有私生子、继子女、养子女等情形，继承人提供不了证据，银行也好，房管局也好，都不能给办理财产过户手续，导致无法实现继承。我们有些案件，即便是独生子女，我们以为继承是理所当然了，结果还遭遇到无法继承过户。（独生子女的继承，需要花专门的时间去讲，因此，这里就不展开讨论。）

### 3. 继承了股权也无法实现真正的股东权益

《公司法》对未成年人成为公司股东没有限制性规定，未成年人可以继承股权。但是，他继承了以后，他实际上没办法实施股东的权利，得由他的法定代理人代为行使，也就是监护人实际上掌控了股权。前面案例中周总朋友告诉他的事件，就是高总去世后，他的儿子继承了股权，实际上被妻子的第二任丈夫赵先生全部掌管、操纵了。

### 4. 监护人是否能切实考虑未成年人的利益是不确定的

未成年人继承遗产的时候，最主要的是，他没有能力去管理财产，所以财产统统是交在监护人手里。那么监护人面对人生的各种境遇，他能不能说把这个钱就一定完全用到未成年人身上，一定确保未成年人的利益，这个是很不确定的。他主观上、客观上，可能都会受各种因素的影响，而没能好好地去保障未成年人的利益。

因此，作为高净值人士，我对周总的建议是，他真正需要的"根系继承"，就是把他的家业真正传给自己的子孙后代，而不是留给外姓人。这种根系继承，单单凭借立遗嘱，显然也是无法实现的。那么，有没有一种更合理、巧妙、

第七章 家族争产的风起云涌

科学的方式来实现。

我们发现，通过一定的设计是可以实现的。那么这里所使用的工具就是保险金信托，简单来讲就是周总首先购买一份终身保险，然后配置一个保险金信托，利用信托这个金融工具，在保险金兑付时直接将保险金转入信托，并根据自己的意愿来设计保险金给付条件，而不是直接一次性地把钱给到未成年子女，而是分期分批，多笔多次地把保险金陆续给付子女，让子女在成年后有能力去管理这笔资产。比如说儿子在成年后拿到多少钱、考上大学后拿到多少钱、毕业创业时可以拿到多少钱，结婚时可以拿到多少钱等。这样的安排，实际上就是将"保险＋信托"相组合，有序地将资产分期、分批地分配给受益人，特别是未成年子女，实现真正的"根系传承"。不仅解决了财富被外姓人窃取的担忧，同时也可以使得子女受到良好的教育、有资金能够用于创业等。

从一个长远的眼光来看，无论从资产有序传承、子女接班、长辈赡养、养老保障、遗产继承等角度来看，高净值人群均需要积极寻求一个综合保障财富安全传承的解决方案，而家族财富的管理与传承，往往是线条丰富、结构复杂、极具个性化、秘密性的筹划方案。在这些方案之中，必定出现的重要部分，就是保险规划乃至保险金信托的安排。中国市场的人寿保险金信托也随之应运而生。人寿保险金信托将保险和信托的优势集于一身，在家庭财富管理领域，具有非常重要的作用和价值。作为专注于从事家族财富管理领域的法律人团队，基于对人寿保险金信托的法律解构，我们从专业角度进行评述，为高净值人士做财富传承规划提供法律考量。

## 一、生命句点——保险金的赔付具有确定性

人生无常，生命有限，当我们购买人寿保险（如终身寿险）后，它所对应的保险事故是必然会发生的，因为人的寿命都是有限的，因此人寿保险具有确定性。当生命走向句点，保险金赔付成为必然，因而可以实现家族财富安全平稳的传承。保险带来的资产增值，基本上都是免税，即使每年只有 5%~6% 的收益，在复利的作用下，在几十年之后的整体收益也是非常可观的。

## 二、风险隔离——受益人的指定具有确定性

根据《继承法》第三十三条规定："继承遗产应当清偿被继承人依法应当缴纳的税款和债务，缴纳税款和清偿债务以他的遗产实际价值为限。超过遗产实际价值部分，继承人自愿偿还的不在此限。继承人放弃继承的，对被继承人依法应当缴纳的税款和债务可以不负偿还责任。"故被继承人生前的债务，应由继承人在其遗产继承范围先行偿还债务。

根据《最高人民法院关于保险金能否作为被保险人遗产的批复》之规定："根据我国保险法规有关条文规定的精神，人身保险金能否列入被保险人的遗产，取决于被保险人是否指定了受益人。指定了受益人的，被保险人死亡后，其人身保险金应付给受益人；未指定受益人的，被保险人

死亡后，其人身保险金应作为遗产处理，可以用来清偿债务或者赔偿。"同时，《保险法》第四十二条规定："被保险人死亡后，有下列情形之一的，保险金作为被保险人的遗产，由保险人依照《中华人民共和国继承法》的规定履行给付保险金的义务：（一）没有指定受益人，或者受益人指定不明无法确定的。"

因此，保险合同指定受益人，被保险人死之后，其人身保险金应给付受益人，不作为遗产发生继承，从而起到一定意义上的债务隔离的作用。同时，通过设立人寿保险金信托，可以利用信托文件根据不同的情况设计并指定不同的受益人，甚至还可以指定受益人范围，即使指定的受益人先于被保险人身故了，由于私人信托有确定的受益人范围，因此依然符合法律的规定，避免成为被保险人的遗产，做到财富的永续传承。

### 三、根系传承——传承意愿的落实具有精准性

如前所述，大额保单虽然能够保证受益人享有保险金的利益，却没有考虑受益人如何才能切实享有其合法权益。有些时候，保险受益人或许并不具备合理处理保险金的能力和条件，例如，受益人年纪太小，或身心有障碍，甚至由于各继承人或监护人间利益冲突使得合法权益受到危害。《中华人民共和国继承法》第六条规定："无行为能力人的继承权、受遗赠权，由他的法定代理人代为行使。限制行为能力人的继承权、受遗赠权，由他的法定代理人代为行使，或者征得法定代理人同意后行使。"2017年10月1日即将

实施的新《民法总则》第二十七条规定:"父母是未成年子女的监护人。未成年人的父母已经死亡或者没有监护能力的,由下列有监护能力的人按顺序担任监护人:(一)祖父母、外祖父母;(二)兄、姐;(三)其他愿意担任监护人的个人或者组织,但是须经未成年人住所地的居民委员会、村民委员会或者民政部门同意。"第十九条规定:"八周岁以上的未成年人为限制民事行为能力人,实施民事法律行为由其法定代理人代理或者经其法定代理人同意、追认……"第二十条规定:"不满八周岁的未成年人为无民事行为能力人,由其法定代理人代理实施民事法律行为。"

因而,当受益人系未成年人时,其取得的保险金将直接由其监护人持有管理,即难以保障这笔财富真正为受益人所有。即使受益人是成年人,但当保险理赔金给付到受益人之后,则成了受益人财产,届时可能无法规避受益人的债务;可能会被认定为夫妻共同财产而无法规避婚姻变动造成的分割;在意外身故后,若没有提前规划则可能导致家庭纠纷等。此时,保险受益人虽然形式上拥有保险金,但实际上并不能享受到保险金的好处,其合法权益难以得到保障,而人寿保险金信托则能很好地解决这个问题。

保险理赔金进入信托之后,受托人会依据委托人生前所定的原则,一方面科学地管理信托财产,实现信托财产的稳健增值;另一方面会灵活的分配信托利益,保障这部分资金真正为受益人所用。比如,受益人缺乏民事行为能力,则可以通过"代支付"等方式,保障受益人的生活所需。另外,由于信托的受益人还可以是未出生的后代,这就帮助委托人实现保险理赔金的隔代、精准传承，真正做到根系传承，精准地传给自己的根脉，而不是被他人窃富。

## 四、财富规划——家族成员的未来生活具有保障性

当保险金作为投保人传承给受益人（通常是子女）的一笔财富预先规划时，投保人应有这样的意识，大额保单其实是一种隐含利益冲突和道德风险的安排，因为子女（及配偶）只有在被保险人去世的前提下才可以获得财产。因而，人性在面对财富的道德风险需要做考量，终身寿险匹配的保险金信托，是在投保人的生存时间越长久相应的保险金额度越高，因此，对于道德风险的避免做到了最好的考虑和防范。同时，也消除了投保人的顾虑，更多的是让投保人建立家庭、家族的责任感。

对于一个家族来说，保障子孙后代享有高质量的生活品质，应对人生的各种风险，培养德才兼备的家族精英，方能保持家业长盛不衰。未来的世界变化莫测，子女在商场中征战，随时有可能遭遇和应对各种风险和危机，比如市场环境巨变、合作伙伴背叛、企业面临困境等，在关键时刻，有一笔资金的支持和保障，会让他（她）更有底气面对人生的挑战和抉择，从而获得更为长久的持续性的创造力和竞争力。同时，通过保险金信托对于受益人及信托利益分配的详细规划，包括受益人认定的标准和增减的程序，受益比例调整的方法和原则，信托利益分配的金额、时点、方式、频率等的设定，比如说受益人在成年后拿到多少钱、考上大学后拿到多少钱、毕业创业时可以拿到多

少钱，结婚时可以拿到多少钱等设定。这样的安排，实际上就是将"保险＋信托"相组合，有序地将资产分期、分批地分配给受益人，来保障家族成员（受益人）的未来的品质生活。

## » 案后结语：

在保障和传承家族财富的规划中，高净值人士不单单是要着眼于物质财富传承，更要谋划智慧和精神的传承。没有智慧和精神传承，即使有物质财富传承，财富终将消亡，甚至会加速消亡。著名作家小霍丁·卡特有一句名言："我们希望有两份永久的遗产能够留给我们的孩子。一个是根，另一个是翅膀。"用这句话来阐释家族财富传承的理念，同样具有深刻意义。根的传承，就是家族的基业传承，传承人把根基传给子女，如同把保险金留给子女后代。同时，还要送给子女一对会飞翔的翅膀，让子女飞得高、飞得稳、飞得远，如同把保险金装入信托的翅膀。让子女在未来的人生之路上，在没有父母的搀扶着行走的境况下，有能力凭借这对翅膀将家业发扬光大，永续家族基业。

第七章 家族争产的风起云涌

图书在版编目（ＣＩＰ）数据

若结，若离：女律师笔下的典型婚姻案例实录 / 叶剑秋著 . —北京：九州出版社，2018.3

ISBN 978-7-5108-6802-3

Ⅰ . ①若… Ⅱ . ①叶… Ⅲ . ①随笔—作品集—中国—当代 Ⅳ . ① I267.1

中国版本图书馆 CIP 数据核字 (2018) 第 056212 号

**若结，若离——女律师笔下的典型婚姻案例实录**

作　　者　叶剑秋　著
出版发行　九州出版社
地　　址　北京市西城区阜外大街甲 35 号（100037）
发行电话　（010）68992190/3/5/6
网　　址　www.jiuzhoupress.com
电子邮箱　jiuzhou@jiuzhoupress.com
印　　刷　三河市兴国印务有限公司
开　　本　880 毫米 × 1230 毫米　　32 开
印　　张　7.5
字　　数　310 千字
版　　次　2018 年 8 月第 1 版
印　　次　2018 年 8 月第 1 次印刷
书　　号　ISBN 978-7-5108-6802-3
定　　价　32.00 元